文春文庫

飛　　族

村田喜代子

文藝春秋

目次

初出誌
「文學界」二〇一六年九、十一月号
二〇一七年一、四、七、八、十月号
二〇一八年一、二月号
単行本　二〇一九年三月　文藝春秋刊
組版　ローヤル企画

飛族

養生島《ようじようじま》に住んでいる三人の女年寄りのうち、最年長の南風原《はえばる》ナオさんが九十七歳で亡くなったとき、ウミ子はいよいよ自分の母親を本土に連れて帰るときが来たと思った。

母親のイオさんは九十二歳で独り暮らしをしている。いくらウミ子が説得しても島を出る話は突っぱねていた。イオさんは若いとき海女《あま》だったせいか、齢《とし》を取っても何とか病気知らずできたものだ。けれど南風原ナオさんのように突然死をされると何日も放置されることになる。ウミ子はそれを想像するのも恐かった。

鰺坂《あじさか》イオさんの家の近くには金谷《かなや》ソメ子さんも住んでいる。この人もすでに八十八歳であるから頼りにならない。それよりウミ子の躊躇《ためら》いの一つは、そのソメ子さんを島にただ一人残して、母のイオさんだけ連れて行くことである。イオさんの長年の海女友達を見捨てることになる。ソメ子さんは三年前に夫に先立たれ、子どもはいなくて、近しい身内がいるという話も聞かなかった。

南風原ナオさんの葬式は、五月の晴れた日におこなわれた。

近隣の小島から年寄りを乗せた漁船が十隻以上も波を蹴《け》立《た》てて集まってきた。小島同士をつなぐ連絡船はない。ただ一つ、この海域で一番大きな波《は》多《た》江《え》島《じま》から週一日だけ定期船が出ている。それに乗って浄土真宗の住職がやってきた。ウミ子はその前日に本土から波多江島に来て泊まり、養生島行きの定期船に住職と一緒に乗ったのだ。船客はその他に波多江島の町役場や葬儀社の人たちもいた。

ナオさんの家の庭には喪《も》の白旗が立てられ、白い紙を切って作った大きな鰹《カツオ》の形の幟《のぼり》が空にはためいていた。葬式になぜ鰹の幟であるのかウミ子はわからなかったが、子どもの頃から人が死ぬとバサリ、バサリ、と紙の鰹の幟が空を泳いだものだった。折から初夏の渡りの季節で、紙の鰹の上を空高く、白と黒のコントラストも鮮やかな鳥影が夥《おびただ》しい集団で飛んで行く。

アーッ、ガーッ、アッハッハッハッー
と怒るような、笑うような、掠《かす》れた鳴声を降らせて黒い波のように通り過ぎる。

「カツオドリがナオさんのお詣《まい》りに来よったぞ」

漁船に乗ってきた老人が、首の皮に張り付いた喉仏《のどぼとけ》を動かして言った。出棺《しゅっかん》の時刻で、坂の下の桟橋《さんばし》まで担がれて行く南風原ナオさんの白い箱の上に、鳥の声は一時の激しい通り雨のように落ちて来た。ナオさんの遺骸は町営火葬場のある波多江島まで、船で四十分かけて運ばれる。

天気は良いが東シナ海の波の荒い日で、イオさんとソメ子さんは船には乗らず、桟橋に立って手を合わせて見送りをした。激しい銅鑼《どら》の音がジャラジャラジャーン！と鳴り渡ると船は光まみれの紺碧《こんぺき》の海に出て行った。

昔、ウミ子が小さいとき、人が死ぬと小高い丘の林に穴を掘った。島は面積が限られているので木は多くない。それで火葬はせずに必ず土に埋めた。高校から本土へ移ったウミ子は、卒業すると役所に入り、それから三十三歳の当時としては晩婚で大分の山間の町に行った。海から山へ人生が変わると、稲刈りのすんだ田圃でおこなわれる火葬の、人焼きの薪《まき》の量に圧倒されたものだった。

枯れ木は火力が足りないため、死人が出るとすぐ人々は山に木を伐りに入った。伐り出される生木《なまき》の半端でない量に、人焼きは木焼きであると知った。人が死ぬと大勢の木が死ぬ。まるで木の殉死だ。島では穴を掘って土の中に埋け込《い》む。岩礁の島だから深くは掘れない。それで島では犬は飼わないのだ。猫ばかりいる。犬は穴掘りの名人だから埋け込んだ死人を掘り出すという。島は貧しい。おカネのことをいうのではない。木や水が乏しいのだ。それは生命に関わるものだ。雨水を溜《た》めて使ってきた。塩分を含まない湧き水が出る場所は聖域のように尊ぶ。野菜も少ないので、海草を野菜代わりによく食べた。

ウミ子は母のイオさんを自分の家に連れて帰りたい。九州本土ならどこへ行くにも自由自在、水のない固いどっしりとした大地を縦横に動くことができる。日帰りで近くの温泉にも連れて行ける。眼科病院は徒歩十分の距離だ。台風の心配も島ほどにはない。九十二年間生きてイオさんの残りがどのくらいあるかわからないが、一週間分の食料、生活用品を紙に書いて定期船の船長に、

「おたの頼申《もう》します」

と頭を下げる、そんな暮らしから抜け出てほしい。

葬儀が終わると南風原ナオさんの棺は波多江島の火葬場で焼くため養生島から運び出された。波多江島から来た町の役員や住職、葬儀社の人々はまたみんな船に乗って出て行った。近隣の小島から葬式に来た年寄りたちも、ねぐらへ帰る鳥たちのように、夕陽が射す頃、来たときの漁船に乗って島を後にした。夕方、カラッポになったナオさんの家の戸を閉めて、ウミ子はイオさんとソメ子さんを連れて外に出た。無人となったナオさんの家は電灯を消すと、洞穴《ほらあな》のように真っ暗になった。ウ

ミ子はその暗さにゾクッとした。

　島の坂道を三人でゆっくりと下る。夕陽が石ころに長い影を作るので、足元が見えにくい。ウミ子が母とソメ子さんの手を左右から取ろうとすると、

「いらん」

とあっさり断られた。よけい歩きにくいという。仕方なく二人の後ろからついて歩いた。

　イオさんとソメ子さんは若いときからの海女仲間だ。今のように潜水時に下着を身に付けたりしなかった。乳房もまる出しの裸で、紐《ひも》付きの小さな三角巾を股にくぐらせた。片手に握り締められるくらいの小さな覆い。海女は子どもを産んでも、中年になっても、小娘のような乳房で小腰で引き締まった腹部をしていた。魚のような流線型の肢体でないと素早く水に潜れない。息を止めて水深、二十から三十メートルも下りるような海女は、次の息を吸うまでに海草の林を分けてアワビを獲って上がって来る。豊かな乳房も尻も潜水の敵である。

　イオさんは二十数人もいた海女の中で、三十メートル以上潜る上海女だった。

「鯵坂のイオは、まこて《本当に》イオ《魚》んごたる《のようだ》のう」

と島の男年寄りたちが眼を細めた。イオ、は魚《うお》の島訛りだ。

　ウミ子の歩く先を、夕陽に照らされながら二人の女年寄りの黒い影が行く。頭の薄い白髪が海の夕風に煽《あお》られて霧のように立ち上がり、転ばないように外股でよちよち歩く後ろ姿を、ウミ子は見守りながら歩く。こうしてみると人間の老化ほど烈しい肉体現象があるだろうか。魚は老いない。鳥も老いない。老いても外見で姿形が変わるものではない。長生きの象でさえ、人間の年寄りの体ほどに崩れてしまうことはない。

　暮れなずんだ空に鳥影が渡って行った。カツオドリの後続部隊のようで、首を真一文字に進行方向に伸ばし、黒い弓矢の影のように飛んで行く。

「ナオさんも混じっとるじゃろうか」

　とソメ子さんが言う。

「おお、そうじゃな」

　イオさんがうなずいた。年寄りの心の内は子どものようだ。

　翌《あく》る朝、イオさんが朝ご飯の後でぼそりと聞いた。

「おまえはいつ本土に帰るとか」

　水曜日に定期船が来るのだが、その前にウミ子はイオさんに話さねばならないことがある。ウミ子が暮らしている大分県の山には、イオさんを迎え入れる離れもあり、気兼ねするような家族もいない。夫の両親を見送り、その夫も三年前に亡くなり、長男長女は結婚して東京と神奈川にそれぞれ家庭を持っている。

ウミ子は渓流沿いの店で鯉やヤマメ料理を出していた。姪《めい》夫婦が一緒に働いてくれて経営も心配はない。いつイオさんを迎えてもいいようになっている。今までウミ子の人生の中で親を引き取るのにこんな恵まれたときはなかった。

「じつは、島もいいけどね、山も温泉がいろいろあって、お母さんの体にもいいんじゃないかと思うけど」

柔らかにそろりと誘いの手を伸ばしたつもりが、一瞬にウミ子の内心を察知された。イオさんのしぼんでいた眼がカッと開いた。独り暮らしの年寄りの自尊心が敏感に揺さぶられた。

「ここにわしが一人おると、おまえが通うて来るのに難儀じゃろうて。そんならもう島に来ることはなかたい。鯵坂家代々の墓ば捨てて島を出れてや？　とんでもねえ。わしは生まれて九十年がとこ、この島に住んで、今が一番悩みもねえで、安気な暮らしじゃ。おまえは妙な気遣いばせんで、さっさと水曜の朝に船で去《い》んでしまえ」

それが本心であるはずはないが、ここでイオさんと言い争っても連れて帰ることはできない。わかったわ、とウミ子はこだわらずにうなずいた。わかりました。じゃ次の水曜日に定期船が来るまで、ここに居させてもらいます。

「わかりゃよか。二度と言うな」

イオさんは紅潮した顔でそっぽを向いた。

坂の下から金谷ソメ子さんが針箱をさげてやって来た。二人で風通しの良い縁に座って、繕《つくろ》い物などしながらおしゃべりを始めるのだ。ウミ子はバケツを両手に湧き水の井戸へ水汲みに出た。

樹木と雑草と蔓《つる》植物が生い茂って、昔の島の道のほとんどが通行不能になっている。五年前まで三世帯八人がいた。十年前は確か十世帯で二十何人か住んでいた。比較的若い六十代の夫婦は何組も本土へ移転し、年寄りたちはだんだんに亡くなっていった。三十年前くらいは町があり、小学校と中学校、町立病院の分院もあった。米屋も酒屋も銭湯も雑貨屋もあった。

子どもたちが高校に進学して島を出ると、帰って来ることはなくなった。若者の声が消えていってからは、島の人口は衰退の一途をたどった。

空き家はいつまでも残る。解体する人間がいないので放置され壊れかけて残っている。その庭に猛々しい草が伸びる。樹木が枝をボサボサに振り立てて、家々を包囲する。草と木と蔓植物が結託して何重にも緑色の大きな毛布を掛ける。銭湯の屋根はその形のまま、漁師長屋は板塀を張り巡らせたまま、不思議な形の緑のパッケージが出来上がる。そこからはみ出た蔓は道を這《は》い、のたうってさまよい、学校の広い運動場に噴き出した雑草の上に覆いを掛ける。

灯《とも》の点らない緑色の電柱。緑色の橋の欄干。その間のわずかな隙間にイオさんとソメ子さんだけの小道ができている。島の奇妙な密林の片隅に年寄り二人が住んで湧き水を汲み、わずかな野菜をつくり、無人島暮らしをしている。年寄りがよたよたと歩いていると、鹿や猿がさっさと追い抜いて行くという。獣たちが振り向きもしないのは人間だとは思われていないからだ。

九十年がとこ、生きてきて今が一番悩みがないんだと？

そんなばかな。イオさんもソメ子さんもこの島で、何も悩むものがないことがあるものか。ウミ子が湧き水の出る石組みの井戸に行くと、鹿が石組みに前足を乗せて一心に水を飲んでいる。そばに寄っても逃げるふうはない。鹿と一緒に水を汲む。

ウミ子はこの水をなまで飲むとおなかをこわす。必ず沸《わ》かして冷まさねばならない。

「どこの生まれのおなごじゃろうか」

とイオさんは馬鹿にしたように笑った。

水を汲んだ帰り道、南風原ナオさんの家の前を通ると、葬式の白旗と鰹の幟が昨日と変わらず海風に泳いでいた。ナオさんの家の前からは桟橋とその向こうの海が一望できる。庭先に立つと左手四十キロ先には昨日、ナオさんの棺が運ばれた波多江島があり、右手は五百キロ彼方に戦後、アメリカに撃沈処分された旧日本海軍の潜水艦の墓場がある。二十数隻の巨大な船影が呑み込まれているという。中学生の頃に祖父に聞いた話だ。そのときの爆撃の大音響を祖父の忠蔵《ちゆうぞう》は自分の耳で聞いたと言った。

「じいちゃん、どんな音ね」

「天が崩れるごたる音じゃった」

潜水艦のような大きなものでも、この海の底から脱出できない運命がある。こんなに明るい透きとおるようなライトブルーの波の下に、七十年余も閉じ込められた船がある。海の檻《おり》である。形のあるものは形があるために逃がれられない。船も人間も家も島も自由に動くことができない。ウミ子は祖父と丘の上に立って、覆い被さってくるような重苦しさを感じた。

水を汲んで戻って来るとウミ子は裏口にまわった。すると庭の裏手の物干しのそ

ばでイオさんとソメ子さんが、両手を広げて鳥の羽ばたきのようなことをやってい
た。上体を内へ傾け、腰を突き出し、手を打ち振る。ウミ子がバケツを降ろして見
ていると、イオさんが気付いてこちらを見た。

「何をやっているの」

とウミ子が訊くと、二人は翼の両手を下ろした。

「明日は祝島《いわい》でお祭りがあるんでな、鳥踊りの稽古ばすっとたい」

とイオさんが言った。

「鳥踊り？」

「台風よけのお祭りじゃ」

昔は島の行事は各島ごとにやっていたので、見に行くことはあっても、手伝うこ
とはなかった。ウミ子は祝島の祭りの話は聞いたことがないままだ。島の人口がど
こも軒並み雪崩《なだ》れが来たように落ちて、最近は小人数の島の主な行事は互いに参加
し合うようになっていた。明日は五、六島が参加するので漁船が迎えに来ることに
なった。台風の襲来は初夏から秋にまたがる。台風が来て困るのは人間と渡り鳥で
ある。

二人の女年寄りはまた両手を羽根にして、ふうわり、ふうわりと物干しの周囲を

回り始めた。何だか老人の徘徊《はいかい》に似ていて鳥にはとうてい見えない。ウミ子は台所の土間に入ると甕《かめ》にバケツ二杯の水をあけた。

朝、ウミ子が洗濯物を干していると、表に男の声がした。

「今日はお世話をかけます！」

鳥祭りに行く迎えの船が来た。イオさんが出て行って応じている声がする。男の声はいい。若い男の声は格別だが、壮年期を越した男の声でも女にはない艶《つや》がある。七、八十歳の老人の声でも体が蓄えている底力の余燼《よじん》がある。ウミ子も出てみると、声の男は若くて、波多江島役場のネーム入りの帽子をかぶっていた。本島から来た祭りの係のようで、紺のTシャツの胸に『鴫』という名札を付けている。たしか鳥のシギがこの漢字だったとウミ子は思う。島には独特の姓がある。

イオさんは鳥祭りに使う何だかガサガサした大きな包みを抱えて来た。ウミ子は金谷ソメ子さんに電話を掛けた。

「鯵坂です。迎えが来たので、今から家を出ます」

二軒だけのやり取りだから糸電話に似ている。

ソメ子さんは桟橋に近いので、先に坂を下りて船の前に立っていた。桟橋の横手に屋根付きの古い掲示板がある。昨日まで南風原ナオさんの葬儀の案内が出ていたが、今朝は剝《は》がされている。ソメ子さんが剝がしたのだろう。傍らの屑籠《くずかご》に丸めて入っている。

掲示板の横には旗を揚げるポールが一本立っていた。何のために旗を揚げるのかウミ子は知らない。今朝そこに高々と翻《ひるがえ》っているのは色褪《あ》せて破れた大漁旗《たいりょうき》だ。『海栄丸』と染められた船名は金谷ソメ子さんの夫の持ち船だった。昨日はなかったので、今朝になってソメ子さんが揚げたものだろうが、どういうわけで今頃持ち出したのか謎の旗だ。

「あれ、何ですか」

ウミ子が訊くと、

「盗賊ばらを追い返す旗じゃ」

と笑った。ソメ子さんは笑うと歯が一本もない。ナマクラの入れ歯より、歯が全部取れた方が食べやすいと言う人だ。この離れ小島にどんな盗賊が現れるのか、ウミ子が首をかしげたとき、鳴さんが船から出て来て派手に銅鑼を叩いた。イオさんたちを乗船させてくれと言う。漁船なので乗るときに介助がないと足元が危ない。男はジャラ、ジャラ、ジャーン、ジャラ、ジャラ、ジャーン、と銅鑼の大安売りをする。祭りや慶弔のときは、客船に限らずどんな船でも好きなだけ叩けるのだという。

祝島まで十七、八キロ。十五分ほどで着く。年寄りも行き来できる親しい島である。養生島に中学校があった頃、ウミ子の隣の机の女の子は祝島から父親の船で来ていたが乗せてもらったことはない。中学の卒業式で手を振って桟橋で別れたのが最後だった。

豆粒みたいな島影がだんだん大きくなってくる。しかし近づくとやはり祝島は小さい。島の南側にある絶壁《ぜっぺき》の下で対馬暖流と黒潮が交じる。この辺りで最良の漁場になっていた。昔、紀州辺りから来た漁師が住み着いて、養生島より島民の数は多かったという。ただ、今は漁民は一人もいない。島に住むのは八世帯八人だ。つまり元漁師だった男たちはみんな先に逝《い》き、妻たちが残された。

島の広場に行くと大勢の年寄りがゴザを敷いて座り、夕方から始まる踊りの支度《したく》を始めている。イオさんとソメ子さんは彼女たちに歓迎されてゴザに上がると、持って来た包みを開いてガサガサと大きな紙の衣装を取り出した。広場の端では男たちが五、六人、祭りの仮設電柱を立てたり、テントの設営に余念がない。ウミ子が挨拶をすると、

「ああ、養生島の鰺坂さんの娘さんな」

と一様にうなずいた。船の便などはじれったいほど滞るのに、島の情報だけは驚くような速さだ。テント張りのがっしりした男が帽子をヒラッと取って笑った。

「シギです」

胸の名札に『鳴』と記されている。もう一人が頭を下げて、

「シギです」

と笑いながら自分の名札を示す。

「おれも、シギです。おい、電線張ってる奴。あんたも、シギじゃのう」

「みんな、シギや」

六人全員が同姓だった。波多江島町役場の鳴さんがスチールの椅子を片手に三脚ずつ運んで来た。祝島に残っている八世帯は各戸揃って親族で、鳴の姓であるという。ウミ子は中学で同級だった祝島の少女の顔を思い浮かべたが、彼女の名前は黒《くろ》坂静子《さかしずこ》というのだった。だからここには静子の一家はもういない。島の家は静子たちの代で絶えたのだろう。

「シギは東の海から渡って来る鳥じゃが、わしら人間はこの小さい島に止《とど》まっとる。婆《ば》さまが心配じゃけに、近場の波多江島で漁ばして暮らしとる」

鳴さんたちは元は江戸時代に紀州から来たようで、つまりは渡りの漁師だった。

話している間にも小さな港に次々と近隣の島の小船が着いて、広場は賑わい始めた。追加のゴザを広げてやって来た年寄りを座らせる。男年寄りはほとんどいない。あるいはいることはいても、この女年寄りたちの活況に畏れ入って、近寄って来れないのかもしれない。島は老婆で溢《あふ》れている。

広場から見おろす海が血のように赤くなった。空は海よりもっと赤く紅蓮《ぐれん》に燃えて沸き立った。こうしてウミ子が空と海を一望すると、空は海よりも遥かに大きな世界だった。海は足元に敷き延べられて寄せては返す波の蓋《ふた》で閉じられている。けれど空はどこまでも突き抜けて深く果てしがなかった。しかし空がこれほど広いことを知る場所は、やはり海しかない。

島に住むのは、つまり空の下に棲んでいることだった。


「ホウー、ホウー、ひぐれてまいった」

広場の中央で女年寄りの異様な踊りが始まった。ウミ子は自分の母親がどこにいるのか、見つけられなくなっている。彼女たちは鳥の形を描いた紙の頭巾《ずきん》をかぶり、紙の翼の羽織《はおり》を着ている。年寄りが自分たちで描いたクレヨン画の鳥の顔は、何の鳥だかまるでわからない。

鳥とも見えない猫のような、イルカかアシカのような、得体の知れない生きものが、前の婆の肩に次の婆が手を掛け、その婆にまた次の婆が手を掛けて、婆が数珠《じゅず》つなぎに輪になって、どろどろと崩れかけ、ほどけかけた輪のように回っていく。

ホウー、ホウー、ひぐれてまい《参》った
こんやん《の》、なみかぜ、おさめてくれろ
あしたん《の》 たびだち つつがね《恙ない》ように
はねばあわせて おがもだち《拝みます》

そんな文句を繰り返し歌って歩く。化け物の鳥がさまよい出たようで、ウミ子はだんだん気味が悪くなった。年寄りの鳥踊りの見物から逃れて明るいテントの方へ行くと、こちらでは昼間よく働いた同姓の鳴さんたちが、島の焼酎を持ち寄って飲んでいた。

島で酒といえばみな焼酎のことで、酒屋に行って、焼酎ではなくてぜひ酒が欲しい、と強いて言うと「赤酒」と記したラベルの一升瓶が出て来る。赤酒とは味醂《みりん》のことだ。鳴さんたちは若い頃から焼酎で鍛えられた。三十五度の地元の焼酎を湯や水で割ると、痺れるような甘露の味がだれてしまう。それで小さな盃に注いで、そのまま舌の先で舐める。

「おう、鯵坂さんの娘さん。こっちで飲まんかね」

六十五の齢で娘はないだろうと、ウミ子は身が縮まる。

「ちょっと母を探していますので」

ウミ子は踊りの方へ行きかけて、足を止めた。仮設電柱係の鳴さんが掌《てのひら》に隠れるほどの盃で焼酎を舐めながら話し始めた。焼酎を飲む島の男の声は野太い。鳴さんの声はさらに太かった。

「ばさん《婆》だちは何かというと、先祖の墓がどうの、じさん《爺》の墓がこうのと言うが、島のインフラの経費のことは何も知り御座らん。今晩の鳥踊りっでも、あっちこっちの加勢の衆を迎えに行く船の油代もいる。それより、ばさんだち八人のために島の暮らしの電気を切るわけにはいかん。台所のガスがない、と文句を言うが、そのために本土からプロパンガスを買うて船に積み、五時間かけて運んで来る。今から言うとくが、わしは死んでも葬式はいらんぞ。みなに面倒をかけとうない。穴も掘らんでよか。海に投げて魚に供養してくれりゃよか。しかしこんなことをあのばさんどもに言うて聞かせるわけにもいかんでなあ」

　鳴さんがしゃべり終えた。

　しばらく男たちの座はしんとしていた。それぞれ年寄りの母親を抱えている。思いはいろいろにあるのである。ウミ子は島の裏側を覗《のぞ》いた気がした。鳥と人の供養より雨風の憂いより、何より必要なのは電気にプロパンガスの供給だった。たしかに島で本土並の暮らしをするには文化がいる。それはおカネで得るものだ。ウミ子はテントの陰に近寄った。

「そうじゃのう」

　とテント張りの鳴さんが焼酎焼けした顔を上げるのが見えた。

「年寄りはカネのかからんことしか知りはせん。自分の家の電気代のひと月ぶん四、五千円のことしか考えん。島の発電、送電の設備は頭の外のことじゃけのう。ばさんだちが困ったときにすることは、ああいうことじゃ」

　と鳥踊りの輪に眼をやる。女年寄りの鳥踊りは時間が経って、そろそろくたびれて声が掠れかけているところだ。何人かが外に出てゴザにドタリと寝て休むと、代わりの年寄りが踊りの中に入って行く。五つも六つもの島から加勢人が来ているので、疲労困憊《こんぱい》しながらも鳥踊りは汗だくで酒に酔ったように続くのだった。

「拝むことにはカネはいらねえ。お天道や月や星や鳥になんぼ拝んでもただじゃけのう。水が欲しけりゃ、雨乞いばしてきた。米が欲しけりゃ、稲の神さんに願うてきた。病気になれば村の祈禱師《きとうし》のばさまを引っ張ってきた。子が欲しけりゃ、じさまのムスコに懇ろ《ねんご》に頼んだらよい」

ははははは、と鳴さんたちがみんなで膝を打って笑い出した。いや、座の中で一人だけ、笑っていない若い男の顔があるのをウミ子はテントの陰から見た。養生島の家まで迎えに来てくれた、あの波多江島役場の鳴さんだ。

「しかし電気や電話よりもっと高いインフラがあるぞ。何か知っとるか？」

「うむ。水は雨水の濾過《ろか》装置ば入れて、これまたカネはかかるが……」

「そんなもんは屁のカッパじゃ」

と役場の鳴さんが言った。

「えーと、病院は最初からないし」

「うーん、学校も廃校になったし」

するとと役場の鳴さんはみんなの顔を眺め渡して、

「本土から生活物資を運んで来るものは何じゃ？　病院も学校もなくていいが、これだけは止めるわけにゃいかんぞ」

あーっ、と鳴さんたちは、そのとき一時に気が付いたような声を上げた。

「定期船か！」

役場の鳴さんがうなずいた。声を潜めてみんなを見た。

「そうや、一つの島に定期便を出すだけで、船の油代が年間二千万じゃ。そのほかに船のメンテナンスとか、そんなものは入っとらん。週一日のばさまの足代じゃ」

ウミ子はそろそろとテントの陰から後ずさった。何と途方もないおカネだろう。月に五、六万円の生活費で暮らしている年寄りに想像もできない額である。八人の女年寄りが住む祝島はいい。まだいい。養生島は二人である。二千万円の札を束にして積んで見せたら、イオさんは何と言うだろう。ソメ子さんはどんな顔をするだろうか。

後ずさりして暗いテントの裏に行き、ウミ子は鳥踊りの輪を見つめた。自分の母親と、もう一人、養生島の昔の海女友達はどこに行ったのだろう。踊りが終わると人が溢れていよいよ見つけにくくなる。ウミ子は踊りの輪に近づいた。どれがワシか、タカか、ハヤブサか、カツオドリか、ハチクマか、シギか、島に渡り鳥はつきもので、年寄りは空中の一点の黒い粒を見ても鳥の名を当てる、そんな年寄りたちが描いた下手くその、ぐしゃぐしゃの、鳥の顔をウミ子は一つ、一つ探して歩いた。

鳥は飛べるが人間は空中を歩けない。鳥は海の檻だ。波立つ水の檻である。ホウー、ホウー、とそんなことも知らぬげに、紙の鳥をかぶった、ばさまたちは手を差し、足を差しして歩み進んでいる。

ウミ子は今週の水曜には本土へ帰ると、母親のイオさんに言っておいたのに、この数日は裏の畑の草取りをして、それがすむと今度は押し入れの古布団の綿を出して布団側《がわ》の洗濯などした。そして今日は朝から魚釣りに行く支度を始める。

明日はいよいよ定期船が来る水曜日だが、ウミ子の様子に島を出て行くような気振りはない。いったい何を考えているのかと、縁側で繕い物をしながらイオさんは庭を見る。庭の物置の方から、ウミ子が釣り竿や魚籠《ビク》やバケツなどを提《さ》げて出て来た。

釣り道具はイオさんが今もときたま使っているものだ。ここは店というものがないから、齢は九十になっても、魚は釣りに行かねばならない。肉は週一回、定期船が来るとき持って来て貰う。買えばおカネがいるので、なるだけ魚を釣って干物にして保存する。

イオさんは自分の娘の魚釣りの出で立ちをジロッと睨《にら》んだ。ウミ子が身に付けているのは、イオさんの亡くなった夫、功郎《いさお》さんが漁に出るときの仕事着だ。娘は父親に似るというが、ウミ子は上背があり肩幅、骨格もしっかりした体軀《たいく》で男物の服がちょうどいいのだ。日よけ帽子にサングラスを掛け、開襟《かいきん》シャツにズボンを穿《は》いた姿は功郎さんを彷彿させる。ウミ子も齢をとってくると父親にどことなく似てきている。

おかしなおなごじゃ。

イオさんはわが娘を胡散臭《うさんくさ》そうに見る。

「ちょっと晩ご飯の鰺《あじ》釣りに行ってくるわ」

ウミ子がイオさんに声をかけると、イオさんは、オウ、と答えたまま縫い物に眼を戻した。

功郎さんは二十五年前の二月、養生島から二十キロ沖のクエ釣りの漁場で時化《しけ》に遭って亡くなった。クエは体長一メートル以上もある、何といっても冬の魚の王者だ。

クエ漁のお蔭でウミ子は本土の高校へ進学することができたし、功郎さんは漁船を買えた。だが、潮抜けの良い岩礁地帯にクエは群れるが、いったん波浪《はろう》が牙《きば》を剝《む》くと最悪の場所となる。もとから東シナ海の冬は波が逆巻き、天候の急変は漁師の運命の岐路となった。

だがそういうところで冬の美味い魚は獲れる。

ウミ子は釣り具を提げて坂を下りて行く。

イオさんは功郎さんの墓を守るため、この島からどこへもいかないと言う。坂から見おろす島は水に浮いた一枚の木の葉のようだ。周囲全体が海というか、際限ない水の世界だ。海で死んだ功郎さんに、島の墓は儚《はかな》すぎるとウミ子は思う。墓石などは意味がなくて、そのまま広い青海原が功郎さんの墓のほうが似合っているような気がしてくる。功郎さんの魂は何処へでも行ける。もともと、この国の周囲は海ばかりだ。

無人の船着き場に着くと、今朝も金谷ソメ子さんの揚げる擦《す》り切れた大漁旗が海風に泳いでいた。ウミ子は船着き場の小屋から小さい椅子を持ち出して桟橋に据えた。

椅子に腰を掛けて釣り具の支度をする。イワシのミンチ肉の冷凍が溶けかけていた。それを餌カゴに詰めて海に下ろした。餌を求めて鯵は寄ってくる。釣り竿の糸には六本の針が仕掛けてある。そこで座り直していよいよスタンバイだ。

待つほどもなく糸が動く。アタリがあった。

この時季にこの島で糸を垂らすと子どもがやっても鯵が釣れる。年寄りのイオさんでもらくに釣れるのだ。ただし竿を上げずにしばらく放っておくこと。六本全部に掛かるときもある。何本かカラ針のこともある。もう少し待つ。

魚が掛かると暴れる。すると撒き餌が広く散らばってしまう。ここは静かに海面の下の動きを窺《うかが》うことにする。

次のアタリが来た。ようやく竿がぐうーんとたわむ。六本の針すべてに鯵が掛かると、大きな魚でなくてもそれなりの力がいる。ウミ子は立ち上がって、尾を打って跳ねる六匹の鯵を釣り上げた。

島で働き者の娘は、結婚して本土の山間の村へ行っても重宝がられる。ウミ子は大分の山中で椎茸《しいたけ》栽培のホダ木の束をどんどん運んだ。夫は万事よく心得て仕事をするウミ子を信頼し大事にしてくれた。田舎には都会の家庭とはひと味違った夫婦の情が通っていた。
三、四十分もすると二十四ほども鯵が釣れた。
今夜は刺身に二人分で三匹捌《さば》こう。明日は塩焼きに大きいのを一匹ずつ食べる。

ついでに三匹ほど刺身にそいでゴマ醤油《じょうゆ》に浸し、お茶漬け用に冷蔵すると二日は保《も》つ。

帰り支度をしながらウミ子は考える。帰りに金谷ソメ子さんの家に寄って、三匹ほど置いて行こう。

あとは一夜干しにする。当分、食卓は鯵尽くしだ。今週の水曜日に本土へ戻ることはもうウミ子の頭から消えていた。

椅子を小屋に返しに行った。

桟橋に戻って来たときだった。ウミ子の背後から突然、男の大きな声がした。

「ニーシーシェイア！」

外国語だ。

ウミ子の足が止まったが、振り返らなかった。

誰か後ろにいるが、振り返ることができない。朝鮮人か、中国人か、言葉がわからなかった。いずれにしろ日本人でないことだけは確かだった。

外国人の男がなぜここにいるのか。桟橋には人が乗ってきたような船の影は一隻もない。

また声が響いた。

「ダンイー　シェイア！」

きつい語調だ。何か怒っている。止まれ！　と言っているのか。止まれ、おとなしくしろ！　なのか。

朝鮮語は抑揚が少ないはずだ。すると中国語だろうか。男の声は頭に抜けるように高い。

ウミ子は立ち止まったままだった。やがて間を置いてからザクザクと砂利《じゃり》を踏んでウミ子の方へ足音が近づいて来る。靴音は用心するようにウミ子のそばを距離を取って回り込むと、正面へ来て立ちはだかった。

といっても圧迫感はない。小柄で痩《や》せて眼鏡を掛けた、東洋人の若い男だ。ウミ子は少し余裕を取り戻した。それに武器など持っていそうには見えない。

「ニーシー　シェイア？」

色白の若者は覗き込むようにして言った。

その顔にウミ子は見覚えがあった。白の開襟シャツの胸に『広報課　鴫翔太《しぎしょうた》』と記した、波多江島役場のネーム札が付いていた。

「あなた、祝島の鳥踊りのとき迎えに来てくれた役場の方じゃない？」

ウミ子は日本語でしゃべった。あの日、本島の役場から島に手伝いに来た所員が一人いた。それから設営のために電柱に登ったり、電線を引いたり、テントを張ったりした漁師が六人いてその全員が鳴という姓だったからウミ子はよく覚えている。

「鳴さんでしょう？」

「ええ、ぼく、鳴です」

彼はまだ腑に落ちない表情でウミ子を見た。

「わたし養生島の鰺坂の娘です。ほら」

ウミ子が亡父の木綿の夏帽子を取ってみせると、あ。

と鳴翔太は素っ頓狂な声を上げた。

「ああ、あのときの！」

この格好で男性の不審者に見間違えられたのは仕方ない。大柄な体つきは父親ゆずりだ。鳴はホッとしたらしく、気の毒なくらい喜んだ。

「いやあ、心臓が停まりかけたですよ。後ろ姿を見たときは、てっきり中国人と思いました。何人も仲間がいたら、こっちはやられるかもしれない。思わず観念しました」

鳴姓の人たちの中で、彼は一番年下のようだった。彼は黙々と仕事をしていた。

三十歳にはならないだろう。

「急に外国語で怒鳴られて、わたしも肝が冷えました」

「すいません。中国からの密航者やと思うたんです。この島には鯵坂さんと金谷さんの二軒のほか住人はおらんでしょう。男の姿があったら不法侵入に決まってます」

何だか物騒な話になり始めた。

ウミ子はふと辺りに眼をやって、

「でも鴫さんは、どうやってここへ来たんですか」

「役場の船です。見回り用の小船で、島の裏手に着けて上がって来たんです。怪しい人間はいないか、見回りなんで表から入って来ることはありません」

ウミ子は胸がざわついてきた。鴫の言うにはアジアからの不審船がしばしばここまで来るらしい。それで住人の少ない小さな島を重点的に見回っている。中国語もそのため覚えたのだろうか。

「いいえ簡単な会話しかできませんよ。おまえは何者だ、とか、止まれ、とかその程度です」

ウミ子は鴫に同情した。可哀想に、後ろから声を掛けたときは、鴫の方がよっぽど恐ろしかったのではないだろうか。

鴫がすっかり警戒の解けた顔で近づいてバケツの中を覗く。

「さすがですねえ。豊漁じゃないですか。今夜は刺身ですね」

ウミ子が驚かせたお詫びに何匹か分けようと言うと、彼は素直にうなずいて礼を言う。しかし鯵を入れるビニール袋がないので、島の裏手に泊めているという船まで、鴫に付いて行くことにした。昔はそこにも小さな船着き場があったが、今はそこへ行く道も草に埋もれているだろう。

案の定その道は背の高い草が生い茂っていた。ウミ子が子どもの頃はオート三輪が魚を積んで走った道だ。草の藪《やぶ》の中を人が一人通るくらい草を刈った跡がある。鴫が草刈り機で道を付けたのだ。

「ここはお年寄りしかいない島だから、生活してる形跡が薄いんですよ。外部の人間からは無人島と間違えられる心配があるんです。げんに向こうの黒原島では密航者たちが十人ほど上陸して、小屋建てて畑を作っていたんです」

ウミ子が中学生の頃までは考えられなかった話である。昔はどの島にも大勢の人が溢れていた。漁師や海女ばかりだから活気があった。生活の臭いがたちこめていた。

「草を焼く煙が立ち昇って見つけたんです。警察呼んでもすぐ出動できる所じゃないし、ぼくら役場の者がみんな追っ払いに行きましたよ。小船でちりぢりに沖へ逃げて行きました」

最悪の争いにならなくてよかった。

「でもその後が大変です。またいつ戻って来るかもしれんので、ぼくら交代で島に泊まって見張るんです」

だから国境に近い無人島には、本土の自衛隊の駐留基地を設けてほしいと、県では請願し続けているという。この一帯の海だけで無人島は大小何十もあるのである。

「自衛隊をですか」

「ええ。できたら隊員のヨメさんや子どもとか、家族連れで来てくれると人口も増えるんですけどね」

鳴はウミ子の代わりに、鯵の入ったバケツを提げて前を歩いている。ウミ子は彼の後から釣り竿を肩に付いて行った。

「とにかく無人島には問題があるのね」

「でもお年寄りばかりの島も、別の意味で危ないです。無人島と間違えて入って来た密航者たちと、突然、お年寄りが島の中で出くわしたらどうなるか。どっちもびっくりするでしょう。もしか驚いた侵入者に危害を加えられないとも限らない」

「危害？」

ウミ子は鳥肌立った。

「殺されたりするの」

「いやいや」

と鳴は慌てて手を横に振る。

「あくまで万一のための用心です」

声を抑えるようにして言い直した。

そんなまずいことにならないよう、侵入者たちもあらかじめ目星を付けた島のことは調べているだろう。船の出入りや、その他、島の動きを観察し、島の近くまで船で来て様子を見ているはずだ。

ウミ子は今朝、島の船着き場で見た古い大漁旗を思い出した。あれはこの島が無人でないことを知らせるためではないだろうか。

いったいいつ頃からソメ子さんはあの旗を揚げ始めたのか。確か盗賊を追い払うためだと言っていたが、あのときは年寄りの話だと聞き流したのだった。なぜならイオさんは今まで盗賊のことなどウミ子にしゃべったことが一度もなかったからである。イオさんはウミ子に密航者の話を伏せていたに違いない。

「それで今度みたいに南風原ナオさんの葬式があって、よその島から弔問《ちようもん》の船が入ったり、イオさんの娘さんが帰って来られたりすると……」

鳴は六十五歳のウミ子のことをそんな風に言う。

「島に人の出入りがあって、密航者へのデモンストレーションになるんですよ」

と満足そうに言った。なるほど、その点では出棺のとき船着き場で派手に銅鑼を鳴らしたり、鰹の幟を揚げたり、養生島はめったにない賑わいをみせたのだ。

しかし葬式がすんだ後の島はまた元に戻った。年寄りが二人きりで島に残っていることは、あらゆる面で役場の憂慮と心配の種になっているのは間違いない。

「わたしも母を本土に連れて帰りたいと思っているんです。そのお話を聞いた上は、一日も早く母を島から連れ出せるよう考えてみます」

ウミ子は声を改めて言う。ウミ子は何も知らなかった。

「いや、あの、出て行かれても、困るんです……」

と前を行く鳴が振り返った。

「イオさんたちが出て行くと、ここも無人島になってしまいます。国境に近い島がまた一つカラッポになるんですよ」

人の住む島は海の砦《とりで》と同じだと言う。人が去ると砦はカラになり、侵入者がそこを占拠する。

「無人島を一つ分捕ると、国境線の位置が現実にズレ込んでいきます。国境は動かしようはないけど、実際にはいろいろ物騒なことが起こるかもしれません」

離島の争奪合戦は、椅子取りゲームみたいなものだと鳴は言う。海に散らばった島々は、格好のゲームの椅子である。いつどの椅子が空くか、虎視《こし》眈々《たんたん》と狙う眼がどこかにあるのだろうか。

「でもその椅子は日本のものでしょう？」

とウミ子が言った。日本の島はゲームではない。取ろうとして取れるものではない。

「そんなことを言ったら戦争は一つも起こりませんよ」

鳴が虚しそうに笑って、

「椅子に座っていてくれる人間が必要なんです」

「たった年寄り二人でも？」

「ええ。できれば娘さんも……」

と付け足して鳴が笑った。

行く手の藪の切れ目から海の光が射してきた。

島の裏手に出ると、古いコンクリートの桟橋があった。ウミ子はここでよく遊んだのを思い出す。桟橋は見る影もなく半分崩れかけていた。人間がいなくなるとなぜこう何もかもガラガラと壊れていくのか。

「海の波のエネルギーは凄《すご》いですよ。嵐の波浪では岸壁一メートル当たり、約二トンもの力が打ちつけられるんです。何十年もほったらかして崩れないものはない」

今は見渡す限り背の高い雑草と蔓草《つるくさ》の緑に覆われて、昔の村へ通じる道は閉じられている。ウミ子は烈しい夢を見ている気がした。

草木の氾濫、緑の猛威。外からの侵入者もイオさんたちの脅威だが、年寄りを襲うものは島の中にある。緑色の大きな波が今に二人を呑み込んでしまうだろう。

崩れかけた桟橋の先の方に白い小型の船が泊まっていた。ボート型で荷物の運搬には向かないが、島々の巡回用には小回りが利いて、スピードも出るらしい。『はたえ4号』と入った船名を指さすと、先輩たちが順に乗っていたのだと笑った。

鳴が船に入って行くと、小型クーラーを操舵席から提げて来た。ウミ子は今夜の彼の肴に鯵を三匹入れてやった。

船は元の船着き場へゆっくり発進した。

「帰り、急ぎますか」

船を出して間もなく、思い付いたように鴫が聞いた。

観光ポスター用に途中で写真を撮りたいと言う。

「ええ、わたしも行きます」

ウミ子はこの島で急ぐ用事は何もない。釣った魚の鮮度が落ちねばいいだけだ。この何十年間、このくらいの年格好の若い男とこんなふうに、いろんなことをしゃべり合ったりしたことはない。

鴫は島の外周に向けて大きく船を出した。

間もなく岩礁のない沖へ出る。エンジンを止めると、彼はカメラに広角レンズのようなものを付けて空を眺めた。エンジン音が止まると海の潮騒《しおさい》に包まれる。

「島の写真は、島より空のほうを大きく撮ると映えるんです」

なるほど。ウミ子はうなずいた。

水平線は船縁《ふなべり》すれすれまで低い。その上には青い天球のような空がすっぽり架かっている。

今朝の空は雲がなかった。雲がない空はカラッポみたいだった。鴫はカメラのレンズ越しに仰《あお》のくように空を眺めている。

「鳥を入れるんですよ」

なるほど。ウミ子はまた一つうなずいた。すぐ先の空をカツオドリが白いリボンのようにひらひらと飛んで行った。空に鳥の行跡の線が走る。

「立神岩《たてがみいわ》へ行ってみましょうか」

と鳴が言い出した。二十分ほどで着くという。

立神岩は名前は岩だが、姿は剣のように尖《とが》って天を刺している島だ。近くまで行ったことはないが、独特の姿なのですぐわかる。その近くには、海の真ん中に島を取り巻くように岩礁が広がっていた。魚が群れ集まるため、鳥がたくさん来る。ウミ子は父親の功郎さんが死んだのも、その辺りの海域ではないかと思っていた。

遭難した船の破材の一部は見つかったが、六人の乗組員のうち遺体が見つかったのは二人だけで、功郎さんを含めて四人の亡骸《なきがら》はついに上がらなかった。

それで結局、水死ということになった。

実際にどの辺りで難破したのかわからないが、クエ漁が最も盛んであるのはこの岩礁区域である。

海上に立神岩が近づいて来た。

気流のせいか一段と海風が涼しい。

辺りは夥しい鳥の影が舞っている。

切り立った岩の断崖が上昇気流を生んで、空に何本もの鳥柱《とりばしら》が立っていた。くるくる、くるくると、数百羽の鳥たちが上へ上へと、まるで天空に透き通った螺旋《らせん》階段でもあるように空中を昇っていく。

「何の鳥かしら」

「ぼくの双眼鏡使ってください」

鳴は船外機のプロペラが岩に当たらないよう、ゆるゆると船を進めながら言った。当分この辺りで写真を撮る余裕はなさそうだ。

ウミ子は双眼鏡を取って空を仰いだ。

いきなりぽーんとどことも知れない空中に放り出されたかに見えた。暗いレンズの筒の中はただ何もない空だけだった。倍率が高すぎるとこういうことになるのだろう。いったん眼を双眼鏡から離して、裸眼で鳥柱の位置を確かめた。

それから双眼鏡を移動していくと、鳥柱がレンズに入ってきた。

「やっぱりハチクマだわ」

双眼鏡の暗い筒の中に雄大な鳥の翼が映った。

鳥たちは翼を広げ気流に体を預けるようにゆらゆらと傾《かし》ぎながら、高く上がっていく。辺りはもうそんな恍惚《こうこつ》状態にも似たハチクマで一杯だったが、不思議にぶつかるものは一羽もない。

波間には魚が躍り、空中では鳥柱がくるくるくるくる回っている。空と海、上と下の生きものたちが大賑わいだ。

途中で鳥たちは一羽ずつ、ふわりふわりと大気に身を投げるように下りてくる。遊んでいるのか。

それとも鳥自身の生理が命じているのか。

すべてのハチクマが、大きな一つの意思に操られるように、夢見るように飛び続けている。

「鳥の目玉を見て。凄いですよ!」

鳴が教える。

ウミ子が双眼鏡を鳥の顔に当てると、ぬっと異様な鳥の目玉が映った。らんらんとガラス玉のように光って、喜びも悲しみも愛情も憎しみも、何一つ人間のような感情の色を宿さない、ただ物凄く大きな猛禽類《もうきんるい》特有のまなこがみひらかれていた。

この眼に標的にされたなら逃れられない、地獄の王のような眼である。空にも地獄があるのだとウミ子は思った。空は何か虚しくなるほどよく晴れていた。レンズを左へ移していくと、何本かの鳥柱の一つがばらけていた。こちらの鳥影はハチクマよりやや小さめだ。影は広く海上に散開して、鳴き交わしながら高く低く飛び回っている。むっくりした腹が白い。

ミサゴだ。

それならタカの仲間、海の猛禽である。ここにも獲物を狙う空の眼が光っている。一羽のミサゴが急降下して波間を滑ったとみるや、一瞬の内に魚を脚で掠め取った。大きな魚だ。ミサゴの胴体ほどもある。魚はビシビシとミサゴの脚を打つが、猛禽の太い瘤《こぶ》のような脚は魚の腹をガッシと摑んで放さない。魚は狂ったように尾を打ち振りながら、みるまにミサゴと共に空へ吸い込まれて行った。

「ああ、凄いところを見たわ」

ウミ子が振り返ると、鳴は操舵席で口を引き結んでハンドルを握っていた。海はキラキラと透きとおり、波の下は大きなけものが牙を剝いたような岩礁地帯だった。

その水面の上をちょうど空に浮かんだ美しい船のように、『はたえ4号』はそろそろと進んでいた。

いつの間にか正午も過ぎていた。岩場を過ぎた所で船を止めて、ウミ子は持って来た握り飯を鴫と一個ずつ分けて食べた。

養生島の船着き場で鴫と別れる。

家に帰る途中で金谷ソメ子さんの所に寄ると不在だった。この年寄りがこの時間に出かけているとすれば、行き先はただ一つだ。ウミ子は釣り竿を肩にバケツと魚籠を提げて丘の小径を登った。

開けっぴろげの島はいつどんな不審者が入ってもおかしくない。鴫の話を聞いたばかりで、周囲の緑の藪から黒い男の躍り出る影が見える。影は次々と現れては消える。ウミ子の額に冷たい汗が噴き出てくる。

家に帰り着くと案の定、上がり口にソメ子さんのくたびれた草履《ぞうり》が脱いであった。ウミ子はとりあえず台所の冷蔵庫に魚を入れると、自分の部屋に行って着替えた。

隣は六畳の仏間で、イオさんとソメ子さんが何かしている様子だった。開け放した襖《ふすま》から顔を入れて、

「ただいま。沢山釣れたわよ。ソメ子さんのぶんも獲ったから持って帰ってください」

すると仏壇《ぶつだん》に供え物をしていたイオさんの眼が尖った。

「おう、おう、こんな日に娘に殺生《せっしょう》ばさせてしもうた」

「あら、わたし何も聞いてなかったわよ」

今朝は家を出るときにも釣りに行くと言ったはずだ。年寄りはそのときは聞き流していたくせに。仕方がない、九十二歳だもの、とウミ子は心につぶやく。

今日の仏壇はいつもより特別賑やかである。先祖と二十五年前に亡くなった功郎さんの位牌がある。その下の段には八個のお仏飯と蓋付きのお茶入れが、押し合うような混雑ぶりで並べてある。ウミ子は眼に慣れたものだが、久しぶりに母親の家に来るとちょっと異様な眺めではある。古ぼけた仏壇は狭いので、毎朝イオさんは詰め込むだけ詰め込んで、それからこれでよし、という面持ちで合掌する。

鯵坂家には位牌の他に祀《まつ》っている仏はいない。八つの仏飯とお茶は海で死んだ無《む》縁仏《えんぼとけ》に供えているのだ。昔からこの辺りの海で働く者は海難事故で命を落とした人の霊を無縁仏サンと呼んで三年間は祀る。それでウミ子が子どもの頃から、仏壇の仏飯とお茶の数は増えたり減ったりしたものだ。

一人暮らしのイオさんが月に二度、本土から運送費込みの高い米を買い込んでいるのはこの無縁仏のためというしかない。仏飯の冷や飯は固くカチカチに乾く。それを毎日八個も年寄りが食べきれるものではなく、冷蔵庫に入れられてどんどん増えていく。仏飯の増殖だ。

イオさんが仏壇にキュウリを上げて、

「さあさあ、皆々さん。よう来らしゃった。海の底はこの頃は涼しゅうてよかじゃろう。どなたも早う成仏ばさっしゃれ、成仏ばさっしゃれのう」

と声に出して言う。

「さっしゃれ、さっしゃれ」

と横でソメ子さんも手をすりあわせて揉んだ。二人で無縁仏に成仏往生を急《せ》き立てているように、ウミ子の耳には聞こえてくる。だが世界に海がある限り、次から次と海難事故の種は消えることはない。

船舶は大型化し、漁は遠洋に繰り出し、最近では地震、気候変動など天然自然の災害も、波が送られて来るように間隔を狭めて起こる。年寄りの皺だらけの手がザンブリとそのまま海の水を掬《すく》ってきて祀るようなものだ。ウミ子はその年寄りの手を考えると脱力感を覚える。

イオさんたちが水死人に敏感なのは、海で働いてきたからだ。海に潜ると少なくない水死体と遭遇するのである。死人は漁師や海女、船乗り。養生島の近くの海域だけでも、海底を浚《さら》えば過ぎた歳月の数だけ死者の数は積み上がる。

海域をもっと広げると旅客船の沈没事故もある。太平洋戦争で激戦区となった海底には何千何万の艦・飛行機が沈んでいる。それから世界の海のあちこちで起こる津波の死者。昔から陸地で人間が死んできたように、それよりもっと広い海洋も人間の死に場所となってきたのは当然だ。

生きている人間の数は微々たるものだ。死んだ人間の数は歴史時代以前から始まる時間に比例する。ウミ子は死んだ者を呼び寄せるのは、パンドラの箱を開けるようなものだという気がする。際限がなくなるに違いない。

さっきまで鳴と一緒にいた立神岩の海域も、パンドラの箱の一つである。岩礁の間に珊瑚《さんご》の花園が広がり、深い谷があり山があり森と林と野原がある。そこをイオさんたちは眼をつむっても歩ける。

そんな所で魔は一瞬に海女を襲う。気が付くと眼を開けているのが自分でわかる。遠い水面に白く丸い月が出ている。浮かんでいるように見えるのだ。太陽光線が海に射すと、その明るみは波の下では月に見える。海女は魂を抜かれて水の中でふわりと浮かんでいる。

なぜこんなにいつまでも息を止めていられるのか、そんなことはチラリとも思わない。ただ気持がいい。体が軽くなる。魂が出て行くときは鳥のように軽く浮遊感に包まれるのである。イオさんも何度かそんな魔のひとときに出遭ったらしい。友達の海女が助け出してくれなかったら、もう心臓が停まっていたという。

金谷ソメ子さんも同じ目に遭った。海女の中で船幽霊《ふなゆうれい》に遭ったことがない者は少なかった。

チーン、チン、チン!

鉦《かね》を叩く音がして、年寄り二人は仏壇の前に平べったい豆のように座っている。海で人生のほとんどを働いた年寄りは、人並みにお経というものが読めなかったので、二人して合作の継ぎはぎのお経が始まるのだ。

ウミ子は年寄りの声が流れて来る台所で、鯵をジャブジャブと洗い包丁の背でウロコをガシガシ取った。

翌日、朝ご飯がすむとイオさんは出かける支度を始めた。押し入れの古い行李《こうり》を開けて何やら探していたが、やがて晒《さら》しの長いのをずるずる引っ張り出した。晒しは二反出てきた。黄ばんでシミだらけだ。子どもの頃はどこの家にも真っ白な晒しがしまってあった。着物の下の肌襦袢《はだじゆばん》を縫ったり、怪我などしたときの包帯に重宝した。

「お母さん、それどうするの」

「今日は金谷のソメさんとひと仕事せにゃならん」

イオさんは晒しを広げて風を当て、またそれをぐるぐる巻き直すと風呂敷に包んだ。その包みを背中に結びつけ、さっき台所で作っていた握り飯の弁当や飴玉《あめだま》、干《ひ》菓子《がし》を入れた紙袋を提げる。

「そんなら下までちょっと行ってくる」

何気なく言う年寄りを見てウミ子は慌てた。

「待って。荷物持ちにわたしも行く」

向こうの家で年寄り二人が何をするのか、それにはウミ子は興味もないが、昨日、波多江島役場の鴫から聞いた密航者の話が頭をよぎる。この島にはイオさんとソメ子さんとウミ子のほかに人間はいないのだ。よそから来た何者かに襲われても駆け付けて来る者はない。ウミ子も一緒に行くことにした。

海を見おろす坂道を歩きながらイオさんが言う。

「今日は水曜日じゃが、船が来るとに、おまえはまだ向こうにゃ帰らんのか」

年寄りの方が覚えていて、ウミ子はうっかりしていた。鴫の話を聞いた以上、九十過ぎの母親を置いて行く気は起きない。

今朝も坂を下って行くと眼に映るのは空と海だ。景色の箍《たが》が外れている。

ここは無人島なのだとウミ子は思う。イオさんとソメ子さんの側から見ると、人間のいない風景だけが広がっている。無尽蔵《むじんぞう》の海と無尽蔵の空がある。国境がどこにあるのだと思う。それがあるならどこへでも、欲しい者はぞろぞろ引きずって行ったらいい。

ここには畑を作るにも雨水を溜めねばならない、瘦せた傾斜地しかない。石油も石炭も、まして天然ガスなんぞも埋まってはいない。宝物なんかなくて老い先短い年寄りが二人いる。

寄せて返す波の上に儚い一本の境界線を引く。いや、その儚い波の線に隣国との漁業権や、噂に聞くレアメタルなど鉱物資源が引っ掛かっているのかもしれない。

「その晒し、どうするの」

ウミ子はイオさんの背中を見て笑った。大切にあの世までも背負って行きそうな包みだ。

「昨日は五月の二十日でのう、死んだ爺さんの月命日じゃった。爺さんは二月二十日の嵐に逝ったんじゃから」

なるほど。月命日というものがあったのだ。

ウミ子は一人で眼をみはった。

「それで供養の幟を作って浜に揚げるとじゃ」

二反の晒しはそのためらしい。

「お母さん、もしかすると今までずっと、お父さんの月命日の供養してきたの?」

「まあな」

イオさんはポトリポトリ重たげな足を運ぶ。

「ほかに仕事もないからな。祈りばすることには、カネも手もかからん」

やがて金谷家の前に着いた。戸口の前にソメ子さんが立っていた。

「おはようござす。待たせたかのう」

イオさんが近寄って行くと、

「ははは。人間のおまえさんだちより、鳥のお客さんの方が先に来らしたわい。あれを見んね」

ソメ子さんが指さした太いタブの枝に、一羽の大きな鳥がむっくりと茶色の翼をたたんで止まっていた。カッと黄色い目をみひらいてイオさんとウミ子を見おろしていた。

「まあ。こんな所にタカが！」

ウミ子が思わず声を出すと、イオさんが小声で言う。

「タカじゃねえて。ミサゴじゃ」

そういえば昨日、役場の鳴と行った立神岩の岩礁域で、急降下と上昇を繰り返し魚を獲っていたあの鳥だ。こんな間近に見るとかえってわからなくなる。

「さあ、あがんなっせ」

言いながらソメ子さんが先に立って家の中へ入る。ウミ子もイオさんの後から入りかけたとき、人間の動く気配に木の枝のミサゴがバサリと飛び上がった。ウミ子はアッと叫びそうになった。

両の翼を広げるとミサゴは人間の身の丈近くもある。それがタブの枝から垂直に、バサリ、バサリと翼を打ち振って、辺りに風を起こしながら舞い上がった。

「それそれ、鳥のお客さんは庭の方から入るがええ」

とソメ子さんが戸口から首を出して、ミサゴに指で示している。そっちは裏口から庭がつながっていた。バサリ、バサリと辺りに風圧の波を立てながら、ミサゴは示された通りに飛んで行く。ウミ子はこんな至近距離でミサゴを見たことはなかったし、それ以上に翼を全開した姿は初めて眼にした。

島の漁師の家は風抜けが良い。廊下を行くと縁側のある座敷に出た。向こうに庭があり海が見下ろせる。

イオさんが背中の晒しを下ろす。ソメ子さんは奥から古い襤褸《ぼろ》切れのような布きれを摑んできた。長くしまっておいたようで黴《かび》臭い。それを広げると奇妙な幟の形になった。晒しを二枚接《は》ぎ合わせたもので、裏と表の両面に奇妙な生きものの絵が墨で描いてある。

「これは目玉ですか、ソメ子さん」

ウミ子が全体を眺め渡して訊ねた。まん丸な目玉である。目があるから生きものだろうが、どうも手というものがない。足は短いのが二本ある。ギザギザの鋭い爪も描いてある。下手すぎて何の絵か判別できないが、生きものには違いない。

「この足の爪は凄いですね。猛禽類の足ですね」

とウミ子が年寄りの絵を褒《ほ》めると、

「この絵のぬしはあすこにおらっしゃる」

とソメ子さんは眼の前のアコウの木の枝を指さした。

見上げると仄暗い枝に、今、向こうの庭にいたはずの鳥が黄色い目をみひらいて止まっている。すぐ眼の前の太い枝だ。

「この絵は、あのミサゴですか」

「そうよ、ミサゴは海ん神様じゃ」

とソメ子さん。嵐よけの神様らしい。

「カツオドリの旗もあるでしょう？　こないだ揚げてた」

「ああ、カツオドリは豊漁の神様じゃ」

鳥は何でも神様になるのだろうか。

「そんならハチクマは？」

立神岩の辺りで見た大きな鳥柱が目に浮かぶ。

「あの鳥は岬の森のスズメバチを食う。それでハチクマという。陸の鳥じゃ」

「でも渡りをするでしょう？　海の上を飛んで行くじゃないですか」

「何千キロも渡る鳥は陸も飛べば、海も飛ぶんじゃ」

ソメ子さんが歯のない口で笑った。灰色の尖った舌が震えた。女の年寄りは鳥に似ているときがある。

そのかたわらでイオさんは新しい晒しをするすると敷き延べている。ソメ子さんが隣にミサゴの幟を並べて置き、太い筆を取って墨汁にたっぷり浸した。これから新しい晒しにミサゴの絵を描き写すのだった。

ソメ子さんは墨を含んだ筆を握って立ち上がると、頼りなげな線をスウーッと引き始める。最初に描かれたのは鳥の頭らしいものだった。次に鳥の胴体と羽根の線が引かれていく。古い幟のミサゴも下手くその絵だったが、ソメ子さんの新しい鳥の絵はさらにたどたどしい。

「鳥の絵じゃと思うたら描けねえが、神さんを描くと思うたら何とかそれなりに描けるもんじゃ」

ソメ子さんは満足げだ。

ミサゴの絵はひょろ長い茸のようだった。晒しの幅が狭いので、これはミサゴが羽根を畳んでいる姿だと、ソメ子さんが説明する。それからもう一枚の晒しに、裏のミサゴも描き上げると、年寄りたちはそれを陽の射す縁側に引きずって行った。墨に濡《ぬ》れた筆跡を乾かした。

三人でお茶を飲んでいると、電話が鳴った。

島の昼下がりにそんなものがビリビリと鳴り響けば、まさか津波の知らせかと飛び上がりそうになる。ウミ子が立って行って受話器を取ると、屈託のない青年の声がした。

「今日は。鴫です。波多江島役場の鴫翔太です」

昨日、船に乗せて貰ったばかりである。今日は隣の祝島まで用事で来たので帰りに養生島に寄ると言う。

「ミズイカを沢山貰ったんでそっちにも持って行きます」

鯵のお返しなのだろう。ミズイカは旬である。

「もうちょっとしたら港を出るので、あと三十分くらいでそっちに着きます」

「ありがとう。船着き場で待っています」

とウミ子は言った。鳴青年の若い声を聞くと、今まで止まっていたような島の時間が動き始めるようだった。

年寄り二人は隣の仏間に席を替えた。

金谷家の仏壇にお参りする。

海風の吹き抜ける仏間には一間の床の間が設けてあった。そこには金谷家の宗旨《しゆうし》の日蓮宗の仏壇と、ソメ子さんが実家から分けて持って来たという神道のお社《やしろ》と、もう一つその横に古色蒼然とした、観音開きの扉の金具が外れた小さな厨子《ずし》が置いてある。

神道の社も白木の年代を経たものだが、厨子はもう箱全体が今にもばらけそうだった。それでソメ子さんは普段から扉を開け放したままである。奥には観音菩薩のような細身の小さい立像がおさまっている。

百年あるいは二百年も蠟燭《ろうそく》の煙で燻《いぶ》しあげられたと思える観音菩薩は、顔も体も薩摩のカツオ節みたいに煤《すす》けて褐色《かつしよく》だが、全体に女性的で優しげな姿態だった。

この辺りの島々の家に、神道は別にしても、なぜ仏教の日蓮宗と浄土真宗が二つ並んで祀られているのか奇妙である。

葬式があると波多江島から日蓮宗と浄土真宗の僧侶が代わり番こに出て来るが、あちこちの家にある崩れかけた厨子の中味には、僧侶たちもわざと眼を逸《そ》らしている。それでただ寺の経文を懇ろに唱えて帰って行った。

島の生活は男は漁師で女は海女で、日々の仕事に追われて、複数の仏壇の来歴まで教えられた者はない。いつの時代からか来歴の言い伝えに綻びや破れが出て、そのまま次の代へと受け渡されていく。

ソメ子さんとイオさんは床の間を前にして並んで座った。

小さい年寄りたちの姿はソラ豆のようだ。

ウミ子は台所で湯呑み茶碗を洗いながら、仏間の方に耳を傾ける。今から不思議な御詠歌が始まるのだ。

法華経でも阿弥陀経でもない、文字をろくに知らず育った年寄りは、多少聞き囓《かじ》った経文その他の、切れっ端を勝手につないで唱える。

てーんーにぃーー、

でーうーすーが

あらーしゃってーぇ、

で、チリリーン、チリリーンと高らかにリンを打ち、

うーみーぃにーはーぁ
あぅーえーすぅ、おらしゃって、
さるうーすぅーばーねごぅーなーる。

で、またチリリーン、チリリーンとリンを打つ。
こんな文句を浄土真宗のイオさんも、ソメ子さんと一緒に唱える。ウミ子はこの最初のくだりの、でうす、という語に以前から引っ掛かっている。日本語にでうすなんていう言葉はあるまい。それはデウスか、ゼウスか、そんな異国の言葉の切れ端ではないかと思うことがある。

天にデウスがお出でになって、

というような意味かもしれないが、けれどその後に続く語の、あぅえす、とか、

さるうす、の意味がまったく不明である。英語などに似た響きがあるのではないかと思う。東京で働いている息子が盆に帰ってきたときなどに聞いてみたいと思っている。

台所から戻るとウミ子は腕時計を見た。

鴫の乗った『はたえ4号』がそろそろ着く頃だ。

ちょうど御詠歌がひと区切り終わったところで、年寄りたちは足を畳に投げ出して休んでいる。

「お母さん。これから船着き場に行って来ます。そのミサゴの幟、わたしが揚げてきましょうか」

ウミ子が声を掛けると、

「おお。それは有り難え。わしらの足では時間がかかる。おまえがひとっ走り行ってきてくれ」

イオさんとソメ子さんは首を揃えてうなずいた。

船着き場には白いカモメのような『はたえ4号』が停っていた。

鴫が烏賊《イカ》の入った魚の保冷箱を提げてボートから出て来た。

ウミ子は二日続きで鳴と会うと、晴れ晴れとした気分になった。鳴はウミ子の抱えた大きな布袋を見て、

「それ何ですか」

と聞く。幟を揚げるのだと言うと、

「ああ。ぼくがやりましょう。そこのポールの固定台も金谷さんに頼まれてぼくが造ったんですよ」

鳴は笑いながら保冷箱を掲示板の屋根の下に置くと、ウミ子の抱えた幟の袋を受け取った。

海からは穏やかな風が吹いてきた。

「風力3かな。今日は幟日和ですよ」

幟用のポールは掲示板の横に立っている。海風が当たるのでポールが低いわりに固定台は頑丈に拵《こしら》えてあった。鳴は袋からワサワサと晒しの幟を引き出して、うわあー、と大きな声を上げた。

「何ですか、これ！」

「当ててみて」

ウミ子も笑い出した。当たるはずがない。

「目玉みたいなのがある」

「そうよ、眼よ。生きものなの」

「ああ、そうだ。鳥ですね」

「どうしてわかったの。羽根も描いてないのに」

「島のお年寄りが描く幟なら、魚か鳥に決まってます」

「なあんだ」

金谷ソメ子さんの描いた鳥の幟を広げる。

「これ、ミサゴなのよ」

「うへぇ。ミサゴが聞いたら泣くでしょうねえ」

鳴はげらげら笑ってミサゴの幟を鐶《かん》に通し、引き上げロープを引っ張った。ミサゴが少しずつ吊し上げられていく。

幟は雨が降りそうなときは下ろさねばならない。風が強い日ももろん下ろす。手描きの晒しの幟は扱いに用心がいる。そんな面倒なものを何年間も、ソメ子さんとイオさんは海に向かって揚げ続けている。

ミサゴの幟は風がやや不足で、ワサワサとぶら下がったまま揺れている。ウミ子と鳴は幟の下に立って沖を眺めた。青い波の平原が空とつながっている。ミサゴの幟の守備範囲は三百六十度、茫々《ぼうぼう》として広かった。

「だいたい国境なんて線引きが無理なんですよ」

と思い出したように鴫が言う。

「中国の浙江《せっこう》省辺りから筏《いかだ》を流したら、十日くらいでこっちに着くって父が言ってましたよ」

ウミ子も昔、ベトナム難民の船が漂着して騒動になったことを思い出した。島を出た後のことだ。

波の上に国境の線引きは難しい。

ふと鴫の明るい眼が動いた。

「ところで鰺坂さん。ミサゴって英語で何ていうか御存知ですか」

ミサゴの英語名だと？

「知らないわ。聞いたことないです」

ウミ子は首を横に振る。

「英語ではね、オスプレイっていうんですよ」

まさか、と鴫の顔を見た。テレビや新聞に出る図体が大きいアメリカの軍用機が目に浮かんだ。ずんぐりむっくりした胴体の両翼にザリガニの爪みたいな、不格好なプロペラを付けて、飛行機のくせにホバリングして垂直離着陸をする。あれは不気味な形だ。

「機械が生きものに似てくると気味が悪くなっていくわ。似てこられて本物の鳥のミサゴの方が可哀想」

「ええ、まったく。ミサゴは格好良い鳥です」

鳴がしきりにうなずいた。

だが、そうであってもミサゴは飛行機のオスプレイと似ているのだ、とウミ子は思う。昨日の立神岩の近くで見たこの鳥の獲物をとる光景が浮かんでくる。大型のタカの仲間では、唯一ミサゴはあの重量でもってホバリングするのだ。

上空にひたと静止して、はるか海中のボラや黒鯛など大物の標的に狙いを定めるとみるや、太い脚を突き出して獲物に急降下し、爪で掠《さら》い上げる。

「魚を狙って急降下する瞬間時速は、三百キロに達しますからね」

と鳴が言う。けれど両翼広げても百五、六十センチのミサゴが、鋼鉄の巨体のオスプレイに似ることに、ウミ子は胸を突かれる。掌に載るほどの小さい心臓で生きる鳥と、鋼鉄のターボで動く機械が一緒に並ぶものか。

ウミ子は幟を入れて来た布袋を黙って畳んだ。

鴫は掲示板の下に置いていた保冷箱を取り上げた。

「じゃあ、これミズイカです。昨日の鯵も美味かったですよ。ごちそうさまでした」

保冷箱はひとまず鴫から借りておくことにして、今度また何か釣ったときに彼に返すことにする。

船に乗る鴫を送って二人で桟橋を歩いていると、家の方角の高い崖の上にちらちらと白いものの動くのが見えた。ウミ子が眼を凝《こ》らすと、金谷ソメ子さんの家から少し登った崖の辺りだ。

よく見ると白いものは服のようだ。

それがふわりふわりと飛んでいるように見える。

人間に違いない。

人間なら、あそこにいるのはイオさんと金谷ソメ子さんの他にはない。

ウミ子が立ち止まったので、鴫も足を止めて眺める。

「あれはうちの母と金谷ソメ子さんですよ。でもいったい何してるのかしら」

「双眼鏡で見ましょうか」

鴫が『はたえ4号』に取りに行った。

風もない。空は青く晴れ渡っていた。

ひらり、ひらりと二人の服が飛ぶように動いている。

「どうぞ」

鳴が双眼鏡を差し出した。ウミ子は受け取って崖の上に向けた。レンズの焦点を定めると、暗い筒の中に明るい円弧の空が開かれた。空の鳥をレンズで追うのは難しいが、飛べない人間に焦点を当てるのは簡単だ。

人間はどうしてこんなにのろく、まごまごしながら生きているのだろう。鳥の宿命というものが短命なら、人間の宿命は長い長い一生をひたすら地を這って行くことかもしれない。

レンズの中に年寄りの手が現れた。ひらりひらりと宙を泳いで、鳥の羽根のようにその手が羽ばたく動作をする。イオさんの顔が現れた。イオさんは恍惚として鳥人間のように動いている。

ソメ子さんの顔も現れた。ソメ子さんも両手を上げて羽ばたいて、ふわりふわりと宙を踏むように歩いている。鳥祭りの鳥踊りの練習をしているようにも見える。

双眼鏡を握った掌が汗で湿った。

今度はウミ子が双眼鏡を鳴の手に渡した。

「ああ、あれですね」

鴫が眺めながら言った。そのまま口をつぐんで双眼鏡を構えている。じいっと見ていた。

「ねえ。あの年寄り二人は何やってるのかしら」

鴫はちょっと口をつぐんでから、言った。

「たぶん、鳥になる練習をやってるんです」

「鳥になる？」

「うちのばあちゃんもやってましたよ。昔の年寄りはときどきやってました。今はもう少なくなりましたがね」

「わたしは知らないわ。でもどうして鳥になりたいの？」

「さあ。どうしてなんですかね」

鴫はあてどない顔をして答える。邪気のない童顔にそのときだけちょっと影が差した。

「海の魚は」

と鴫は沖を眺めながら言った。

「海の魚は高い空の鳥になりたくて、空の鳥はもっと高く天使なんかになりたくて、地を這う人間はせめて自由な鳥になりたいんじゃないですかね」

ウミ子は鳴の顔を見た。

笑い出した。ウミ子は別に鳥になりたいとは思わない。

「しかし、レオナルド・ダ・ヴィンチだって、あんな昔に空飛ぶ器械の原型みたいな図面を描いたでしょう。人間の心の中に空を飛びたいっていう願望があるんですよ」

鳴は若者らしい口調でさらさらと語る。

「こんな小さい島にお年寄りが一生閉じこもって暮らしていると、それがだんだんに信仰みたいになるんじゃないですか」

「なるほど……」

とウミ子はうなずいた。十六の年に本土の高校へ入学したきり、たまにしかここへは帰って来なかった。島で生まれたけれど、半分は本土の人間になっている。

「鳴さんのおばあさんは今お元気ですか」

「うちのばあちゃんは一昨年に九十五歳で亡くなりました。布団の上で死んだので鳥にはなれなかったけど、天には昇ったような気がしますよ」

笑うと日焼けした鳴の頬にえくぼができる。

栈橋を『はたえ4号』の前まで二人で歩いた。船に乗り込むとき鳴が振り返ってウミ子に言った。

「おばあさんたちが鳥踊りをやるときは、気を付けた方がいいですよ。つい飛んじゃったらまずいから」

「飛ぶ?」

ウミ子はギョッとした。

「冗談です」

クックックッと鳴が笑った。

崖に眼をやると年寄りの影はまだ踊っていた。

空は高く、海までの距離もかなりありそうだった。その中途に崖は突き出ている。そういえば、つい飛んで踏み越えてしまいそうな高みである。冗談なのか、本気の忠告なのか、鳴の真意が摑みにくい。

ジェット飛沫《しぶき》を上げて出て行く『はたえ4号』を見送ると、ウミ子は栈橋から踵《きびす》を返した。

坂道を登り始めると、崖の上の人影は死角になった。汗のにじむ額を手の甲で拭《ぬぐ》いながら歩くと、両脇の草むらの茂りが道に迫ってくるのがわかる。養生島は波に浸食されるよりも蔓性植物の猛威に呑み込まれていく。

金谷家に戻ると崖の上の庭に人影はなく、イオさんとソメ子さんは縁側に足を投げ出して休んでいた。

「おお、大儀じゃったな。喉が渇いたろう、お茶ば飲め」

イオさんが急須の冷めたお茶を注いでくれる。

「幟はうまく揚がったか。慣れん者は手がかかったろう」

「波多江島役場の鳴さんが来ていたの。それで彼がアッという間に揚げてくれたのよ」

「役場にゃ鳴が一杯おるが、どこの鳴の倅《せがれ》じゃろ」

ソメ子さんが遠くを見るような眼をする。

「鳴翔太っていう人で、こないだ祝島の鳥踊りの設営に鳴さんたち何人も来たんだけど。中で一番若い人よ」

「おう、祝島の翔太やないか。広報課さあ」

「そう、そう。死んだ弥一《やいち》さんの孫じゃあ」

「本土の水産大学ば行って、また島に戻ってきた子じゃろう。向こうで仕事に就けばよかとに、こんな所ば帰ってきて」

とイオさん。ウミ子は少し耳が痛い。

「爺《じ》さんとお父《と》っさんと二代続けて家の柱が亡《の》うなって、帰らにゃならんと思うたんじゃろ」

「おう、おう、それじゃな」

年寄りは島のことなら身内のようにいろいろ知っている。

「鳴さんのお爺さんやお父さんは早く亡くなったの？」

「二人ともクエ漁で亡うなった」

ウミ子は昨日、鳴と船を浮かべた立神岩の荒波を思い出した。鳴翔太もあの岩礁をどんな気持で眺めたのだろう。

平成三年二月の嵐のとき、ウミ子の父の鰺坂功郎さんと役場の翔太の祖父鳴弥一さんと、ソメ子さんの実弟の宝来勝治《ほうらいかつじ》さんは、同じクエ漁の船昭洋丸に乗り合わせていたのだ。そのとき鰺坂功郎さんと、鳴弥一さんを入れた四人の亡骸は揚がらず、何人かは変わり果てた姿でひと月後に浜へ流れ着いた。

ウミ子の父は七十六歳で、島の漁師では年寄り組だったが同年代の現役は何人もいてとくに珍しいわけではない。功郎さんと鳴弥一さんは養生島の小学校で遊び友達だった。ソメ子さんの夫の守《まもる》さんは別の漁場にいて嵐には遭ったが船ともどもに助かった。

「宝来の実家では、長男の勝治のせめて亡骸でも揚がってほしかと、島の寺・神社・祈禱師まで頼んで拝んでもろうた。そしたらな、ある晩、酒ば飲んで寝とった亭主が、ガバッと起きてあぐらばかいて、しゃべり始めたんや。姉ちゃ！　姉ちゃ！　と言うてな。それが勝治の若い声でのう」

その頃、金谷守さんはもう六十の齢《とし》になっていたという。

「勝治か！　と聞くと、ああ、と言う。おまえどうした、と聞くと、おれはもう家には帰れねえで、姉ちゃが親父やおふくろに言うてくれ。死んではいねえが、鳥になった。それで悲しむことはない。イソシギになって、岩場の虫ば食うとるで、心配せんでよか、とな。そう言うた」

ソメ子さんがしゃべる顔が、血の気が差して赤くなっている。

「おかしなことじゃと疑うたが、亭主は眼が白うなって口だけ動く。これはまことに弟かもしれんと、座り直して話を聞いた。昭洋丸が港ば出たとは夕方やったそうな。クエの岩場にハエ縄の仕掛けに行った。クエは図体のでかいわりに気の小さかウオで、縄に餌を付けた針ば岩の下に沈めて、夜中でねえとなかなか食い付かねえとよ。夜中まで仕掛けばやって、普段は朝方に帰るが、そんときは船に泊った。疲れておったんで港に戻るより船ん中で寝ることにした。船底に布団一杯引っかぶって横になると、水の下でクエの動く気配がする。有り難え、有り難え。手を合わせて眠ってしもうた」

横でイオさんが黙ってお茶を飲んでいる。もう何回もソメ子さんから聞かされた話だろう。

「おい、起きれ！　船長の鯵坂の爺さんの声でみなは眼を覚ました。良うない風が出るかもしれん。仕掛けば揚げろ！　クエ獲るど！　海はまだ静かやったが、そういえば高い空では雲が東にむらむらと動いとったじゃ。早よせい。早よせい。みんな急いで仕掛けを揚げる。豊漁じゃ、底抜けの豊漁じゃ。もうやめい。船ば出せ。船長が怒鳴るがクエは続々、丸太のごと上がってくる」

「嵐の予報は出てなかったんですか」

「台湾坊主というてな、この時期の嵐は突発じゃ。雪と風の塊が白か爆弾のごと生まれる。東シナ海の暴れもんが来た。船ば出すど！　人間のごたるクエば抱えて、ハッと海を見れば、いつの間にか沖から波頭の山が千も万も押し寄せてき始めた。船が、のっ、のっ、と押し上げられる。ゆらっ、ゆらっと傾く。積み込んだクエが傾くんや。足の下はクエの地獄のようじゃったと。風は何ちゅうか、大きか一枚板のように、びょうびょうと波飛沫《しぶき》を伴のうて襲うて来る。ギギギィーと岩に船の擦《こす》れる音がする。船が呻《おめ》き、泣いとるようじゃ」

ソメ子さんの声に節のようなものが付いてきた。

「早く引き返さないと。港は遠くないはずよ」

とウミ子が言った。

「それでん船は動かんとじゃ。水の下はクエの巣じゃ。岩礁の間はクエの巣で、海が時化るとクエ獲り船の地獄になる。岩に挟まった船がギギギィー！と悲鳴ば上げる。もう辺りは波飛沫と降り始めた雨の幕が掛かって真っ白で何も見えん。船はニッチもサッチもいかんごとなった。するうち足元に水が回ってきたと」

「浸水？」

「滝のような雨が甲板に雪崩れ落ちた。そんとき鯵坂の爺さが怒鳴ったんじゃ。退避、退避！　何？　天も水浸し、海も水浸しのどこに退避するとじゃ？　若い者等はベソをかいた。そしたら爺さがまた怒鳴った。どこへて、空に決まっとる！　鳥になって空ば飛べ！」

「鳥……」

「そうや、空ば飛べっ！　漁師には隠し羽根がある！　何をそんなもんあるもんか！　とおれが叫んだ。そんとき鯵坂の爺さが言うたんやと。羽根はあるど！　その証拠にこの年寄りが先に、空ば飛んでみせる。よう見とけ！　すると鳴の弥一さも合羽を脱ぎ捨てて、ようし、わしも飛んでみせる。おまえ等、わし等のように飛べ！」

ウミ子はイオさんの方を見た。イオさんはソメ子さんの熱弁をぺたりと座って目をつむって聞いている。眠っているのではないだろうか。

「鯵坂さが弥一さの方ば見た。二人は滝のような雨ん中に両手を高う振り上げて、カツオドリみたいに、さも長い羽根を付けたように両手を羽ばたいた。船縁の向こうは、海の魔物がごうごうと吠えておる。鯵坂さが船縁に上がる。続いて弥一さも上がった。やめれ、やめれーと若い者が怒鳴った。よかか。おれだちのするようにしろ！」

どっこいしょ、とイオさんが立ち上がった。

どうするのかと見れば、床の間の壁に立て掛けた古三味線を取ってきた。それを抱いてまた座り直すと、ベン、ベン、ベンと鳴らしてみる。糸の調子を合わせて、ヤッ！　と掛け声を出す。ベン、ベン、ベンと弾き始める。三味線に合わせてソメ子さんが声を振り絞る。昔の浪曲にそっくりである。

「みなの衆、先に行くから続いてくれと、二人の爺が振り返る。わしのするようにやってみれ。かならず鳥になるからと。それ！　とばかり二つの影が宙を飛んだ」

ベン、ベン、ベン、ベベン。

「あああああ。あれば見ろ。人が飛ぶ。爺さの鳥が一羽、二羽、波とも霧ともつかねいあわいを、ひらひらひらと消えていく」

ベン、ベン、ベン、ベベン。

「あとはただ、われもわれもと船縁は、飛び立つ鳥の衆が入り乱れ、クエで傾く船はギギギィー、バリバリッと大音響ば立て、船の腹からどっとクエを吐き出した。行くぞ。姉ちゃ、そのときおれも飛んだぞ。ワッとばかりに無我夢中で船縁から飛ぶと、おお何ちゅう不思議や、両の腕が空を切り体がふわりと宙に浮いた」

ベン、ベン、ベベン。

「おお見れ！　姉ちゃ。おれあ飛んだど。夢のごとして、ヒュウヒュウと風ば切って飛んでいく。何ち簡単なことじゃ。空は仲間の鳥でまだら模様になったぞ。みんなばたばた羽根を漕ぐ。大きな白い羽根を付けとる。そうや、おれだちは鳥じゃった。ああ長いこと忘れとった。姉ちゃ。おれあ鳥になったど！」

ウミ子は立ち上がると台所へ行って、甕の水を柄杓《ひしやく》で汲むとゴクゴク飲んだ。
向こう部屋からは勢いづいた三味線の音が流れてくる。
今はとにかく落ち着こう。自分に言い聞かせながら飲んだ。

毎朝、イオさんは下の畑に出かけて行った。陽気が良くなると島の農事の課題は水やりだ。小さな畑にトマト、インゲン、スナップエンドウ、ブロッコリなど少しずつ育っている。イオさんはポリタンクを載せた手押し車を引いて水汲み場まで坂を下る。それからポリタンクに水を詰めて、またもとの道を畑まで運び上げた。

畑は金谷ソメ子さんのと並んでいて、イオさんとソメ子さんは黙々と一緒に働いている。昼になるとイオさんは近くのソメ子さんの家に上がって弁当を広げる。ウミ子は年寄りが食べやすいように小さい握りめしを作り、自分が釣った魚の味噌漬《みそづ》けなど焼いて、ソメ子さんのぶんも持たせた。

島暮らしのイオさんにとって、金谷ソメ子さんは隣人以上だ。一つの火を二人で灯し分け合って生きているような仲である。

「行っていらっしゃい」

ウミ子は表の道に出て見送る。雑草の密林の道を下って行くイオさんの背中に、こないだ金谷家の仏間で見たソメ子さんと二人の異様な、興奮というか熱狂した姿が重なって映る。いったいあれは何だったのか。

まさか遭難した宝来勝治さんの霊魂が、姉のソメ子さんにのり憑《うつ》ったわけではあるまい。それならソメ子さんだけがおかしくなればいいのである。身内でもないウミ子の母のイオさんまでが、熱に浮かされたように三味線を弾きまくったのはなぜだろう。

ウミ子はそっとイオさんに聞いてみたい。

勝治さんの霊魂が本当にソメ子さんの夫の金谷守さんの口を借りてしゃべったのなら、同じ日に遭難して亡骸が揚がらなかった他の漁師たちも、勝治さんが言うようにみんな鳥になったのか。

それをソメ子さんもイオさんも信じているのか。あの嵐の中で宝来勝治さんという漁師がイソシギになったと思っているのか。それなら一緒に亡くなったウミ子の父の鰺坂功郎さんも、鳥になったとイオさんも信じているのだろうか。

家の仏間の壁には功郎さんの煤けた遺影写真が掛かっている。がっしりした体軀にウミ子に似た顎《あご》の張り出した顔。あの巌《いわお》のような功郎さんの肉体が鳥になったのか？　そんなことがどうして信じられるだろう。

昔、ウミ子が島を出て以来、海に閉じられた暮らしの中で何か年寄りたちの頭の中に熱病にも似た異変が広がったのではなかろうか。

イオさんを畑へ送り出すと、ウミ子は功郎さんの釣り具を借りて家を出た。年寄りは畑に野菜を採りに行く。ウミ子は栈橋に魚を獲りに行く。それで半日は暮れる。

今日も海は晴れ渡って沖には峰一つもあるような白亜の雲の塊が浮かんでいる。

栈橋のいつもの場所でウミ子が支度を始めていると、波間に聞き慣れた『はたえ4号』のエンジン音が響いてきた。

鳴翔太は毎日、見回りを兼ねてやってくる。船から下りる鳴の顔は陽焼して、最初に会ったときとは別人のようになっている。

「こんにちは。何か異常ないですか」

鳴はいつも駐在所の巡査みたいな質問をする。

「何もありません。無事に暮らしています」

怪しいことがあったら、鳴は波多江本島の警察署か海上保安庁に電話をするのだ。けれど何か通報があって向こうから駆け付けてくるまで、最低でも五、六十分はかかる。

「今日はこれから無人島の見張りに行くんですよ」

「見張りに？」

「中国か、どこかの船が五、六隻あの辺りでうろついてるんです。それで島に一つずつ見張り小屋を建てたんですよ」

クエの漁場になる立神岩から西へ十キロほど行った所に、無人島が幾つか散らばっている。そこのことだろう。

「二、三日おきに見に行くんです」

「一人で回るの」

「今日はあいにくぼくだけです」

用心のためにいつもは二人なんだと言う。けれど鳴の屈託ない笑顔がウミ子には何だか気にかかる。選《よ》りに選って今日、不法侵入者と鉢合わせになったらどうするのだ。

「中国人とか沢山いたらどうするの」

「そのときは上陸しなくても船が見えるのでわかります。すぐ海上保安庁に無線で知らせます」

「でも船が取り巻かれたらどうするの」

「日本の領海でそこまで事を荒立てることはないですよ」

「それは予想でしょう。安全かどうかは行ってみないとわからないんじゃない？」

ウミ子は声を落として言った。

「わたしも行きます」

「えっ！　ウミ子さんが？」

「一人より二人の方がいいに決まってるわ」

「参ったな」

役立たずの足手まといの人間を見るように、鴫は当惑の色を浮かべている。

「海に出たらわたし役に立ちます」

「そうですか」

「あなたを引っ張って、抜き手を切って島まで泳いで帰れるわ」

「どうしてこのぼくが、ウミ子さんに引っ張られて帰ることになるんですか」

鴫が合点のいかない顔をする。

「だってわたし、遠泳は得意なのよ。潜るのだって、いざとなれば二十メートル以上は今だって平気です」

久しぶりにウミ子は胸を張った。

「だったらぼくだって潜れますよ」

「あなたのはスキューバダイブでしょう。装置付けなくちゃならない。わたしは素潜りよ。今流に言うとスキンダイブ」

鳴はデッキに立って頭を掻いた。

「ぼくも漁師の子なんですよ。でもそんなことより、ウミ子さん、いったい何が言いたいんですか」

「あなたがやられたときは、わたしがちゃんと連れて帰るって言ってるのよ」

うへっと鳴が言った。

「どうしてぼくがやられるんです」

「とにかくもう、わたしがこうして聞いてしまった以上は、あなた一人では危なくて行かせられないの」

鳴は前途ある若者で、そして非常に性質も良い人間だ。将来きっと役に立つ人間になるので、守ってやらなければと思う。無人島のような不穏《ふおん》な所に一人で行かせてはならない。ウミ子は女で、しかも若くないけれど、こんな海では町の若者より役に立つと自負している。

腕時計を見ると午前十時だった。弁当は持ってきている。ウミ子が広げかけた釣りの道具をまた片付けると、鴫も仕方なさそうにそれを手伝った。

「最初の犬島まで一時間もかかりませんね」

始動したばかりのエンジン音が鴫の声を吹き飛ばした。

最初に見えてくるのが犬島で、次に牛島、それから蛇《へび》ガ島、貝島、紅《べに》島という具合に広がっている。

「そのうろついてる船は密漁船ですか」

「漁をやっている形跡はないけど、珊瑚採りの漁場探しの偵察船かもしれないんです。ちょっと昔、その辺りは近くに珊瑚礁があって密漁船がずいぶん来てましたからね。今は海の水が荒れたんで魚が来なくなりました」

海水の養分がなくなったのは近隣の島の森が伐採されたからだ。森の土壌から流れ出る養分が海を肥やし、大量のプランクトンを育てる。もし地球上からすべての陸地がなくなれば、海はただの巨大な水溜りになるだろう。

「近頃、島の森が回復し始めたんで、そろそろ珊瑚礁も息を吹き返しているところですよ」

「密漁船の偵察なら、これからも沢山の船がやってくるかもしれないわね」

今のところ水平線までただ静かだ。海と岩礁と遠くを掠める鳥影が見えている。

「あるいはまたどこかの脱国者たちかもしれない」

鳴は晴れない顔で続ける。

「でも不法入国者ならすぐ逮捕できるでしょう?」

「それが海の上ではできないんですよ」

「どうして」

まさか、とウミ子は聞き返した。

「陸の上なら国境線を越えて入るとすぐわかりますよね。しかし海に国境線は引かれていませんからね。つまり陸上みたいな検問所というものがないんです。だから密漁とか何か実際の違法行為をやらない限り、日本の領海内を通るだけなら外国船だって航行できるんです」

すると海ほど防備の不完全な国境はないのだった。日本はそんな曖昧な水の境界線に国中が取り囲まれている。

「ただし、日本の領海に密漁船が入ってくれば警告を受けますよ」

「そのときは追い出していいのね」

「だから向こうも考えてるんですよ。彼らはわざと時化《しけ》の海をめがけて、船団を組んでやって来たりします。海上保安庁の船が警告に出て行くと、嵐に遭って避難しにきたと言うんです。避難と聞けば日本は逮捕できません」

「そんな手口があるのね」

「百隻近くの船団で来ることもありますよ。全部で千人くらいの漁民が乗っていたりするときもある」

そうなるとこちらの島民の数の方が少なくなる。想像すると恐ろしい眺めである。

ウミ子は聞きながらふと向こうの岩礁に眼を動かした。

彼方の空に薄い煙が上っている。眼を凝らすと鳥柱が立っていた。何の邪魔も入らない静かな海の上昇気流に乗って、何百羽の鳥が思う存分に舞っているのである。

鳴の物騒な話とは正反対に平穏な光景だった。

「あの辺りは密入国者の船をときどき見ます」

と鳴も鳥柱の方を見ながら言った。

「最初は小さい無人島に上陸して、そこから点々と近くの島伝いにボートで渡りながら波多江本島まで行くと、その後は人に紛れて堂々と長崎港へ行くんです。本土に着いたらもうどんなふうにか生きていけるんでしょうね」

「おカネはどうするんです」

「脱国の船を調達できるくらいだから、そんなものはとっくに用意してありますよ」

ウミ子は世間知らずである。

行く手にまず最初の犬島が見えてきた。

波間に白い岩肌がそそり立っている。子どもの頃に功郎さんの船で来たことがあったが、島の名を告げられるまでウミ子は気付かなかった。船は速度を落として裏手の入り江に入って行く。鳴に双眼鏡を借りて眺めると、無人の島は人間の手が入らないので奥の小さい山が鬱蒼《うつそう》と繁る森になっていた。

辺りは静かで鳥の声もしない。

「オッケイ。変わったことはないみたい」

とウミ子は双眼鏡に眼を張り付けるようにして言った後、自分の間抜けな言い方に気が付いて、

「変わったことはありません」

と言い直した。この船は密漁船の偵察をやっているのだ。鳴が操縦席で黙って笑った。

入り江の岩壁に鉄のもやい杭が打ち込まれていた。鳴は船を降りて岩に飛び移り、『はたえ4号』をもやい杭に繋いだ。二人で岩伝いに浜へ降りて行くと、真新しいプレハブ小屋が建っていた。

「この島は猪《いのしし》の天国なんです」

と鳴が言う。シイの実やドングリのエサがたっぷりある。

「それは困ったわね」

「まあ、ここは無人で畑もないから、猪の天国が一つくらいあってもいいんだけど、今は別の問題がありますからね……」

「……そうよね」

ウミ子もうなずいた。

小屋の前に行くと掲示板が立っていた。

「それで、こんな対策をやってるんです」

と鳴が掲示板の字を指し示す。

害獣駆除

期間　五月三十日より六月十日

参加者　三十日午前八時羽岩前集合
猟銃及び猟銃所持許可証携行のこと
猟期中は島民と関係者以外の入島を禁ず
犬島自治会

手書きの大きな張り紙だ。笑っているところを見ると書いたのは鳴翔太だろう。

「やっぱり猪を撃つの?」

「島は漁が忙しいのに、そんなことやりませんよ」

本当に決行するときは無線で連絡を取るという。誰もいない所に掲示板を立てるわけはない。なるほど。

「でも密入国者に日本語が読めるかしら」

ウミ子が言った。

「猪や銃なんて漢字は難しいけど、漢字ですから中国人なんかには逆に読めるんじゃないですか。それに日本語だからいいんです。意味はわからなくてもかまわない。わかりすぎるとボロが出ます」

鳴はリュックを背負っていた。

「コーヒー飲みますか」

と言いながら先に立って小屋へ入って行った。

リュックからポットを出すと、香りの良い褐色の液体を紙コップに注いだ。ウミ子のぶんをまず差し出す。

「どうぞ。これ飲みながらちょっと待っていてください。一仕事してきますから」

リュックから何やらがさがさと大きな紙袋を出すと、それを持って外へ出て行った。ウミ子が温かいコーヒーに口を付けて飲んでいると、やがて小屋の向こうの森の中から、パンッ！　パンッ！　パンッ！　とけたたましい破裂音が響いてきた。岩の島だからあちこちに響き合って音が閉じる。

猪猟の銃声とはこんなものだろうか。ウミ子は本物の音を聞いたことがないのでわからない。しかしたいした音である。また一口飲んでいると、もう少し隔たった所から再び、パンッ！　パンッ！　パンッ！　と爆裂音が弾けた。見渡す限りどこにも船影一つ見えない海に、ただ筒抜けに音が流れていくのである。あの紙袋には爆竹《ばくちく》が入っていたのだ。鳴は森の中で空を撃ち続けている。その鳴の様子が見えるようで、ウミ子は紙コップを持ったまま独りで笑った。

十分かそこら経った頃、盛大に大音響をぶっ放して、鳴は上機嫌で戻ってきた。

次の牛島は入り江から西へ二キロで、その島影が見えている。こちらには簡単な浮桟橋が設けられて、桟橋の横手にプレハブ小屋があった。小屋の前に真新しい大漁旗が翻っていた。

「爆竹は鳴らさないの」

「この旗は爆竹より値が張るんです」

爆竹はそのときだけだが、旗はずっと立ち続けている。要は島民の気配を感じさせればいいのだ。

「雨の日とか、ときどき旗を降ろしに来るんです。洗濯物と同じで、外に出したり、入れたりします」

人間が島に出入りしている形跡を示すわけだ。

「今日はどうするの」

「せっかく来たんで取り込みますか」

「明日は雨が降るの？」

海は湧くように陽が照っている。

「ああ、でも明後日くらいから天気がくずれるって、テレビで言ってたんだ。降ろしときます」

鴫は船を降りて大漁旗を取り込みに行った。鴫の住む波多江島はテレビも新聞もあるので、天気予報はわざわざ外に出て空を眺めなくてもいいのだ。

波多江島にはまだまだ水道、電話、スーパーマーケット、小中学校、銀行、町立病院、町役場に消防署、警察署がある。養生島にないものを数えるときは、波多江島の町を思い浮かべればたちどころに分かる。

蛇ガ島と貝島は五、六キロ先に並んでいた。二つの島は引き潮のときには浜伝いに歩いて行ける。火山島で噴き上がった所が蛇ガ島で、平べったく広がった裾野が貝島になっている。潮が引くとその姿がよくわかる。『はたえ4号』は蛇ガ島の深い入り江に停める。潮の打ち付ける岩場にコンクリで固めたもやい杭が打ち込んであった。

岩を刻んだ薄暗い石段を登ると、打ち付ける波の音が地の底から吠えるようでひしひしと寂しさが迫ってくる。気を付けて、と先に登る鴫が滑らないように手を差し伸べてくれた。

その手に摑まって上がって行きながら、ふとウミ子はイオさんのことを思った。まさかこんな所で転落して死ぬようなことにはならないが、そのこんな所に鴫翔太のような若者と一緒にいるのがおかしな夢のようだ。

海水に濡れた岩の段々を登り詰めると、陽が照って眼にしみるような草原に出た。そこは青々とした草の斜面で、ドーナツ型の円座のように真ん中が窪んでいる。その穴を覗くと深く落ち込んでいて、太古の噴火口の跡らしい。中には底から海水が流れ込んでいるようだ。

「何だか箱庭みたいな火口でしょう」

と鳴が見回した。おとぎ話に出るような小さい火山である。ぐるりは海だ。海の上に女の長いスカートの裾が広がっている。その裾の方はピシャ、ピシャと波が洗っている。左手の貝島の平らな草原がすぐ向かいにあった。

「あっちへ降りましょう」

ゆるいスロープの草地を貝島の方へ降りると、ここにもプレハブ小屋が建っていた。畳一畳あるかないかの内部に入ると、窓の下に棚がありラジカセのようなものが置いてある。鳴がリュックを開けてＣＤらしい箱を取り出した。

「それは何」

「日本の音楽です」

鳴が嬉しそうな顔をしてみせた。スイッチを入れると、いきなり小屋を揺るがすような大音量の音楽が流れ出した。外の屋根にスピーカーが付いているのだ。そこから波のように湧き出る音楽と歌声は、日本の国歌『君が代』だった。

「凄い」

とウミ子はつぶやいた。音楽が凄いのか歌詞が凄いのか、いや音も歌も度外れている。『君が代』の単調な旋律が場所によって、これほどダイナミックなうねりをもつとは思わなかった。見えない風圧のように辺りの風景をなぎ倒さんばかりに鳴り渡る。

鳴はクックックッと堪《たま》らなそうに笑って、

「どうです。まごうかたなきわが国の国歌です」

「これをどうするの」

「朝夕二回、毎日タイマーをセットして鳴らすんです。こうすれば密航者も、ここが日本から見放されたような無人島とは思えないでしょう」

鳴は小屋の隅に置いた小型発電機を見せた。日曜大工で造ったという。ウミ子は小屋の外に出てみた。

「でもねえ……」

とウミ子は口をつぐんだ。

「これではまったく、外国人は近寄るなって、脅してるようじゃない」

「ええ、だって本心、ぼくらは警告したいんですよ」

「それはわかるけど」

国境離島に近い島で国歌を流して、いったい何を気を遣うことがあるものか。ウミ子はそうも思う。窓の外の草の斜面も、島を取り巻く海や空も、『君が代』一色に染められている。何だかぞくぞく鳥肌が立った。『君が代』というものの歌が抱いている戦争の歴史が重く荒々しい揺さぶりをかけてくる。

「『君が代』はオリンピック会場でも世界に流しますよ」

と鳴が言う。

「それとは場所が違うわ」

華やかな競技場に似合っても、海と離島の景色には『君が代』は重くて、ずっしりとくる。みぞおちを痛打されるようだ。

「うーん。困ったな」

と鳴は屈託のない顔でリュックの底に手を入れて、また幾つかのCDを出した。それじゃこんなのはどうですか、と一枚を入れ替えた。

「まだ何かあるの」

ウミ子は不安になった。

「それなら『君が代』のちょっと変わったスポーツバージョンでいきますか。読売ジャイアンツ対ヤクルトスワローズ戦のやつ。絢香《あやか》の歌だけど、知ってますか。女の子の声もいいですよ」

ウミ子はそんなものは知らない。首を横に振る。

「鈴鹿サーキットのF1決勝戦のときのもいいですよ。こっちはエレキギターの『君が代』です」

いつの間にか世の中は変わったのだとウミ子は知らされた。

「そうだ、SMAPの中居正広《なかいまさひろ》が東京ドームの巨人・広島戦で歌ったやつ。これ聴いてみます？」

いらない、いらない、とウミ子は手を振って、

「わたしどれも知らないの。あなたの役場で島民に投票してもらったらいいわ」

「そんならいっそ国歌はやめて『スキヤキ』でもやりますか」

「スキヤキ？」

「あの歌、世界的にヒットしたんでしょう？　飛行機事故で死んだ坂本九《さかもときゅう》の……」

ウミ子が小学生のときだったから、もう五十年も前である。全米でヒットして、

歌のタイトルが『上を向いて歩こう』からアメリカでは『スキヤキ』になった。けれどやっと鳴の話が通じたこんな古い歌を、今の密入国者が知っているだろうか。

「ねえ、鳴さん、そろそろおなか空かない？」

ウミ子は話題を変えた。

「そうか、もう昼すぎてますね」

鳴は腕時計を見た。この後にもう一つ紅島へ行かねばならない。西へ二十キロ先で三十分ほどかかるようだ。歌は次にして、外へ出ると岩に腰掛けて持って来た弁当を開いた。

ウミ子は梅干しの日の丸弁当にアジの味噌漬けで、鳴のは海苔《のり》巻に肉じゃがにひと目でわかるレトルトのコロッケだ。島の男の昼飯らしくない。

「鳴さん、結婚してるんだ」

「わかりますか」

「結婚して、小さな子どもさんがいるんでしょう」

「何でわかるんです」

「ふふ、幸せそうな顔していますからね」

波多江島は大きいので鳴の妻はどこかパートにでも行って、共働きをしているかもしれない。ウミ子は鳴の弁当にアジの味噌漬けを一切れ付けてやった。若い妻は忙しいのだ。

「紅島では何をするの」

「楽しいことが待っていますよ」

弁当を片づけると鳴の後からウミ子も立ち上がった。

遠浅の白い砂地が紅島の周囲をフリルのように縁取って、ウミ子と鳴はペタペタと裸足で島の中に入って行った。こんな美しい島があるとは知らなかった。島の東の海は珊瑚礁で、広い花畑が海に水没したようだ。

「知らなかったわ、こんなとこ。何だかこの世じゃないみたい」

「だから昔ここは蓬萊島《ほうらいじま》って言われていたそうですよ」

「いつの時代」

「遣唐使《けんとうし》が行った頃だから平安時代です。空海や最澄もここを通過して東シナ海の荒海に出て行ったんです」

鳴は役場の広報課だからすらすらと説明する。

「蓬萊島ってつまり極楽でしょう。極楽は西方浄土っていって、西の果てにあるんじゃない」

「だから日本の西の果てですよ。当時からすると、この辺りなんでしょうね」

そう言われると何だか寂しいところではある。寂しいけれど、美しい。

「でも蓬萊島の果ての向こうに、まだ世界があるのよね」

とウミ子は言った。

「ええ、ありますね。蓬萊島よりもっと美しい所で平和で仏の慈悲に守られていた……。そこが当時の世界の中心で唐の国だった」

ところが時代が移っていくと、そのきらびやかな国は消えて、今は赤錆《さ》びた船に乗って密入国する人間たちがやってくる。彼らを食い止める蓬萊島の美しい珊瑚礁もどんどん死んでいった。

空は透明なつるつるした青いカプセルのようだ。

遠くに蠟燭の形に似た岩礁が幾つも波間に立っている。その辺りに薄い煙のような鳥柱が立ち上っている。大きいのはミサゴの柱だろうか。小さくて薄いのはカツオドリなんかの柱だろうか。

こないだイオさんとソメ子さんが拝んでいた不思議な熱狂を思い出す。人間は地上に蓬萊島がなくなると空にその美しいものを恋い求めるのだろうか。

砂浜は肌色というか、薄く血の気を含んだような色をしている。よく見れば砂と思っていたのは貝殻《かいがら》の砕けた細かな粒々なのだった。ようやく浜が切れると緑の草地になった。背丈はなくて芝生のようだ。点々とデイゴの木が枝を張っている。ウミ子の歩いている足が止まった。

「あれは」

「ブランコです。向こうのはハンモック」

そこには大きなクスの木が傘のように枝を広げていた。ブランコはその三本の枝にそれぞれ掛けてある。役場のみんなと造ったというのだから手作りだが、意外に堅牢《けんろう》そうである。漁船で使う太いロープが下がっている。ハンモックは漁網だった。木陰に涼しげな網の影を落としている。横には砂場もあった。

波音は絶えず流れているが、潮騒はかえって辺りの静けさを際立たせる。孤島の中の奇妙な児童公園である。日射しだけたっぷりと遊具に降り注いでいる。

ブランコに腰掛ける鳴にウミ子が聞いた。

「このブランコで誰か遊ぶの」

「ときどきぼくらが来て遊ぶんです」

「あのハンモックも」

「そうです」

鳴がクスクス笑う。

そういうことだったのか。ウミ子も笑った。犬島の誰も来ない猪狩りに、無人の牛島の大漁旗に貝島の拡声器、紅島の姿のない子どもたち。波多江島の役場はいろんなことを考えるものだ。

「みんな代わり番こに遊びに来ることになったんですよ。うちの嫁さんも家の子どもも連れて来ようと」

鳴はロープを揺らしながら笑う。国防と島民の行楽が同時にまかなえるというわけだ。

「ここへ来るには船の油代がかかりますからね、魚を一杯釣って帰るつもりです」

砂場のそばに看板がぽつんと立っていて、ペンキの文字が書いてある。

『みんなよい子であそびましょう』

「本当にね」

とウミ子は言った。みんなよい子で仲良くしたらこんなものは造らなくてもいい。

養生島に帰り着くと午後三時前だった。

鳴の船で送って貰うと、ウミ子は桟橋で釣り道具を出しかけて手を止めた。ちょっと潜ってみたくなったのだ。明日はもう六月である。昔の海女はウエットスーツなしで四月の初めから海に入っていた。ワカメ漁の最盛期だった。

『はたえ4号』はもう出て行って影もない。

ウミ子は素潜りに慣れている。たまにサザエ漁期に島へ帰ってくると、漁協に頼まれて波多江島の海女たちと潜ることもあった。島の海女の平均年齢は七十歳近い。ウミ子は若い方なので頼まれると断れない。

ウミ子は上着を脱ぐと桟橋の突端へ行った。昔の海女は下穿きだけになったが、最近は潜水用の薄い着衣をつける。長い時間を潜水できるウエットスーツなどは、仕事能率を上げてウニやサザエの乱獲を招くので季節によっては控えていた。

準備運動をして水に入る。この運動をすると体温が上がるだけでなく筋肉に酸素が取り込まれる。ウミ子は泳ぎながら水深のある沖へ進んで行った。それから二つ折りのナイフのように体を曲げて潜水する。

ウミ子はその瞬間が好きだ。

両手の先から水の膜を分けて勢いよく沈んでいくと、そろえた足の裏側から水が閉じられていく。そこには音のない薄青い世界が待ち受けている。海の上はどこまでも果てしがなく続いているのに、海の中は閉じられた場所だ。

その狭さがウミ子に言いようのない安らぎを与えてくれる。水深三メートルを過ぎると耳抜きをする。何度も耳の圧を抜いて降りていく。水の中にはイオさんもソメ子さんもいなくて、養生島も波多江島もない。蓬萊島もなくて、ウミ子はただ独りだ。海女は孤独に弱くてはやっていけない。

カジメの林がはるか下に繫っている。そっちへウミ子は降りて行く。潜るにつれて水はどんより暗く翳《かげ》り視界が狭くなる。海の上の世界が遠のいていく。また海女になってここへ戻ろうか。ふとそんな気持がよぎった。

毎朝、イオさんが仏壇に供える仏飯が、いつの間にか十個に増えていた。こないだは確か八個だったはずだ。真鍮《しんちゆう》の小さな仏飯器に丸く盛られた白飯が、今は亡き人々の霊魂そのもののようである。

この白い魂たちは生前どんな人たちだったろう。そして新しく加わった仏飯の主の情報は、どんなふうにイオさんの耳に伝わってきたのだろう。携帯電話もつながりにくい島々で、各戸にある固定電話もめったに鳴ることはない。そんな暮らしの中で年寄りの耳はこの話になると、地下水が染み通るように伝わるのだ。

どこの島の誰それが漁に出て、あるいは潜って、これこれこういう船幽霊に遇《あ》った、と霊拾《たまひろ》いの話はたちまち電話網を走る。船幽霊の多くは悪い風に似て姿がないが、眼に見えなくても遇えばすぐわかる。瞬間的に酔ったようにふらっとしたり、胸を摑まれて気を失ったりする。また眼に見える形で出遭うこともたまにある。水死人の体の一部もたまに流れ着く。

陸上では形のあったものは歳月と共に土層の下に埋もれていくが、海に沈んだものはただゆらゆらと水に漂うだけだ。その水の中は静かな水の溜まりではなくて、嵐が襲うと海水はダイナミックに底から砂を攪拌《かくはん》し、海底の岩や海藻林に引っ掛かっていたものを巻き上げる。

戦時中の革の軍靴が渚に打ち上げられたり、中から人間の足の骨まで出てくることもある。現役時代、イオさんたち海女はアワビやカキ、サザエなどを採取しながら、よくそうやって古い遭難者の霊も拾い上げた。


今年はイオさんの畑がうまくいかなくなった。潮風にやられたらしい。島によっては地形的にほとんど野菜の育たない土地もあるが、養生島の畑は潮風が通り抜けていく。晩春から風向きが悪くなって、塩を含んだ海風がまともに吹き付けた。

塩分を中和する薬はないので、そのうち大雨でも降ってくれるといいのだが、毎日、水平線の彼方までよく晴れ渡っている。畑の野菜がだめならと、イオさんとソメ子さんは浜へ出て行くようになった。

砂浜でアサリやカニを獲り、岩場で海藻を採る。年寄りでも体さえ動けば食べ物は得られる。竿が一本あると堤防釣りで食いはぐれることもない。

毎朝、ウミ子は釣り竿と魚籠を提げたイオさんを見送ると、裏庭へまわった。そこはタブやクスの木が防風林の役をして塩害を防ぐので、小さい野菜畑が何とか育っていた。菜っ葉やトマトが育ち、エンドウ豆のツルも伸びている。ウミ子は坂道を降りて湧き水を汲みに行く。

ウミ子は昼前になると畑の手入れを終えて、イオさんとソメ子さんの弁当とお茶を持って浜へ降りた。

栈橋の先の方につばの広い麦藁帽子《むぎわら》が二つ、ちょこんと海に向いて竿を伸ばしていた。ヒョイ、ヒョイと竿を振ると小魚が宙を飛んで舞い込んだ。そこで弁当を開いて三人で握り飯を食べる。昨日、釣った小アジが今日の弁当の佃煮《つくだに》になり、今日釣ったイカが明日の弁当の天麩羅《てんぷら》になる。昨日と今日と明日が真っ直ぐつながっている。

「ウミちゃんな、まだ本土にゃ帰らんでよかかね」

食べながらソメ子さんが聞く。

「そうですねえ……」

ウミ子が口ごもると、

「親のそばより良か所はなかもんねえ」

　とソメ子さんは的外れなことを言う。

　人間は齢とれば死なねばならない。ここで寿命がくれば孤独死しか途はない。互いの家は離れているので別々に二件の孤独死になるかもしれない。ウミ子は今度ここへ帰って来て、母親のイオさんだけでなく、ソメ子さんの老い先も考えねばならなくなった。

　弁当がすむと、年寄りはまた釣り糸を海に垂らす。ウミ子は長靴を履いて岩場に行くとヒジキを採る。ついでにカキが二つ、三つ眼に止まったのでカキガネで獲る。晩酌のアテができた。それをビニール袋に入れて腰に下げると、右手の林へ歩いて行った。

　明るい林の小道を十分も歩くと、三日月型に弧を描いた白い浜に出る。子どもの頃ここへ来てよく遊んだ。渚に立って沖を見る。海は溢れんばかりに膨らんでいる。

　浜には食べられる海藻のほかにも、貝殻や流木、ハングルや中国文字の入ったプラスティック容器や瓶、缶なども雑多に流れ着いている。人間が暮らしに使う物はどうしてこんなに汚いのだろう。ゴミになるしかないものばかり。

　昔、小学校の夏休みの課題で、浜辺に漂着した陶磁器の欠片《かけら》を拾い集めた記憶がある。皿や鉢の破片らしいが、青い染料で描かれた絵や文字は漢字のようだった。小さいフジツボがびっしり付いたのもある。学校に持って行って先生に見せると、ずいぶん昔の沈没船のものだろうと言った。

この辺りの島々は昔、遣唐使や日宋貿易の船が東シナ海へ乗り出すとき、最後に水・食料を積み込んだ補給基地で、陶磁片は難破船から流出したものらしい。海底の古い沈殿物が嵐で揺り起こされて浮上した。

美しいものも汚いものも、一緒くたに浜へ打ち上げられる。

魚の腐った死骸。

戦時中に墜落したＢ29の翼の破片。

漂流するアジア難民船の黒ずんだ浮き輪。

どこの島だったか、遭難した難民らしい外国人の死体を乗せたボートも流れてきた。

ウミ子は沖から幾重にも押し寄せる波のうねりを眺める。あの水平線の辺りは何百年も何千年もの時間を呑み込んだ、蓬萊島へ続く海である。この世ではない光り輝く海だ。

その波が時間を旅して、今は光を失ってこっちの浜へ送られて来る。そして波打ち際でウミ子の足を濡らしている。

海の色が日増しに明るいブルーになる。ウミ子はいい齢をしてそれが不思議で、良く晴れた空の色が海に映っているのかと思ったが、イオさんに聞くと一蹴された。

「そりゃ海藻の芽吹き時季で、海の中が明るうなるんじゃ」

山々に萌黄《もえぎ》色の木々の新芽が出るように、海の中の海藻林にも一斉に柔らかな新芽が伸びる。

「それが水の色ば変えるんじゃ」

イオさんとソメ子さんはこっちの浜へ来ると、ゴム長を履いて魚籠を腰にどんどん水へ入って行く。ヒジキをむしり、カキを獲る。ウミ子が止めても聞く耳はない。この島で九十を越えた年寄りに何かあれば、電話で波多江島から緊急の船を出して貰うしかないのだ。

ところが年寄りの浜遊びはその程度ではなかった。

その日の朝は初夏の日射しだった。いつものようにウミ子が弁当を持って海へ行くと、季節外れの焚き火の臭いがした。浜辺には、灯油の缶を切ったものが置いてある。その缶は海女たちが海へ入る前、体を温めるために焚き火を熾《おこ》す容れ物だ。

中にはまだ火が残って薄い煙が燻《くすぶ》っている。

年寄りが二人しかいないこの島で、誰が焚き火をしたのか。一瞬ウミ子の頭に外国人密航者の影がかすめ、ドキッとして桟橋を見た。怪しい船はどこにもない。陽に照らされた桟橋の途中に、日よけ帽のイオさんの姿がぽつんと一つあった。けれどその横にいるはずの金谷ソメ子さんの姿が見当たらない。

まさか、と海を眺めまわした。弁当の包みを振ってウミ子は桟橋へ駈けた。

「お母さん、ソメ子さんは」

イオさんが振り向いて、

「向こうにおる」

と片手の指でさしたのは桟橋の裏手に広がる岩礁域の海である。ボートの影が一つ波間にあった。眼を凝らすとソメ子さんらしい人影はなく、空っぽのボートは何だか蟬《せみ》の抜け殻のようにひっそりと浮かんでいる。

「潜ったのね、無茶して」

「あのおなごはまだ八十じゃ」

イオさんは妙に威張って言う。

八十歳になっても潜る年寄りはたまにいるが、ソメ子さんはあと二歳で九十に手が届く。それにもう海女をやめてよほど経つ。六月の海はまだ相当に冷たかった。

「心臓麻痺を起こすわ」

「心配いらん。ソメさんはときどき潜っとる」

そんなことはウミ子はまったく知らなかった。

岩場の辺りの水は黒みがかっている。あの先は確かカジメの海藻林が生い茂って深くなっている。

「あんな所で何が獲れるの」

「住む者が絶えて寂れた港じゃけ、水が良う肥えてアワビが育っとる」

アラメはアワビの好む海藻だ。この一帯は昔のアワビ・サザエの漁場で、漁期や一日の採取時間など波多江本島の漁協で決められているが、老人二人になった養生島では取り締まりの範囲外である。

「ねえ、ソメ子さん、まだ上がってこないわよ」

無人のボートにさんさんと陽が当たっている。

ウミ子は心臓が強く拍《う》った。

「なあに、死んだナオばあさんもこの間まで潜っていた」

イオさんはこともなげに言うが、その南風原ナオさんは先月、波多江島の火葬場で骨になってしまった。

「わしも八十五の年までアワビを獲った」

言いながらイオさんは竿をぐいと引き揚げる。肥えたアラカブが魚籠に投げ込まれた。

「ねえ、ほんとにソメ子さん、どうかしたんじゃないの」

ウミ子は上着を脱ぎ捨てた。水に入る前に焚き火に当たりたいところだが、その余裕もない。桟橋からザブリと飛び込んで、ボートに向かって泳いで行った。水は冷たいというより刺すようだ。ボートまで百五十メートルほどか、夢中で泳ぎ着いた。

手を伸ばしてグイと船縁を摑み、半身を船縁に引き揚げる。そのとき反対側の船縁からピューと磯笛が上がった。海女が浮上するときに息を吐く音だ。

濡れた人間の頭がガバリと船の向こうの縁から現れた。磯メガネを掛けているので顔は見えないが、小柄な体や怒り肩の様子がソメ子さんとわかる。片手にずっしりとしたアワビの網袋を摑んで、ボートの中に投げ込んだ。

「ソメ子さん。早くボートに上がって」

ボートの向こうに回り込んで手を貸そうとすると、

「何ば言うか。今、始めたばかりじゃ」

ソメ子さんが手を払いのける。それから息を整えながらウミ子の顔を見ていたと思うと、ボートの中の木箱に手を伸ばして磯メガネを摑み出した。それをウミ子に押し付けて、

「あんたな、これからずっとここで暮らすとなら、アワビのシマ《はば》教えてやる。イオさんと見つけておった宝の場所や」

シマとは獲物が住み処にしている漁場《ぎょば》のことだ。

「ごめん、ソメ子さん。わたしは本土に家があるんです」

ウミ子は磯メガネを押し返して、ソメ子さんをボートへ上げようと手を取った。八十八歳の老婆の上半身に触れると、氷のように冷たい。海の水が温《ぬる》み始めるのは七月の初め頃だ。

「ウミちゃん。あんたもせっかく海ば入ったんじゃ。わしについてこい。アワビのシマはすぐそこじゃ。アラメの林の中のすぐじゃけえ、教えてやる。ついてこい」

ソメ子さんはボートから予備の腰綱を引き出すと、有無を言わさずウミ子の腰に結わえ付ける。戻って来るときはこれを手繰ってボートに上がるのだ。

さあ来い！　とソメ子さんがザブリと潜った。ウミ子も思案する間もなく磯メガ

ネを付けた。息を整えて後に続く。

最近、この辺りでアワビが獲れるとは聞いたことがない。養生島で海女を手伝ったのは少女時代だ。浜には漁師や海女が大勢いて、学校には子どもが溢れ返っていた頃だ。港の桟橋付近は漁船の行き来が賑やかで、アワビ獲りをするような場所ではなかった。

人が去り船が消えて半世紀近く、海だけが豊かに育ったのか。

水中を一気にソメ子さんは降りて行く。

上海女と呼ばれる名手たちは、ひと潜りで息を止めて二分間以上も耐えられる。中には三分間近く潜る女もいた。ウミ子は中学のとき一分半で磯近くのシマを潜った。いずれにしろ呼吸を止めてギリギリの時間でシマまで行って帰らねばならない。

ソメ子さんの姿は落下してゆく溺死体に見えた。保温と怪我の用心に肌着の上に青いレオタードを着込んでいる。漂白したような生白い足裏が、後からついて行くウミ子をひらひらと招いている。

錘《おもり》の分銅を付ける間がなかったので、沈んでいくのに時間がかかる気がする。三メートル、六メートル。十メートル……。ここで三十秒か。まずい。慣れないウミ子には戻る時間が足りない。

下の方には黒いアラメの林が垂直に立っている。水の中で浮力のあるものはすべて、上へ上へと昇ろうとする。意志あるもののようにそそり立っている。深いアラメの林は二メートル余も丈がある。中に潜ったソメ子さんの姿が消えた。ソメ子さん！　ウミ子はドキッとなる。すぐ垂直立ちしたアラメが揺れて、その中からソメ子さんの手がここへ来い、と呼んだ。

吸い寄せられるように降りて行くと、ソメ子さんが片手に大きなアワビを握って、手招いていた。ソメ子さんはそのアワビをレオタードの腹に差し込み、次のアワビを獲る。

ウミ子は苦しい。

冷たい水中で血の循環が悪くなると、体へ送られる酸素の供給が滞る。苦しい。

ウミ子はひとまず先に上がることにする。腰綱を取って浮上しようとしたとき、ウミ子の横合いから柔らかく大きな温いものがフワリとすり寄ってきた。人の息に似ている。それがすぐ耳のそばに流れた。

こっちへこい。

どこから聞こえたかは知らない。すぐそばで囁《ささや》きかけるようであり、ずっと遠い所から響くようでもある。

助けてやろう。こっちへこい。

海底は一連《ひとつら》なりの広い傾斜が、さらに深く昏《くら》い底の方へなだれ降りていた。その向こうは海藻林が切れて地上の荒れ地のように、石と岩と砂の地面が続いている。生きものの姿の絶えたような異様な景色だ。こんな所に水中滝や堤のない湖や土手のない川があるのかもしれない。

こっちへこい。

ウミ子は恐ろしい力で胸を摑まれた。その後はもう何も覚えていない。

気が付くと顔の真上に空があった。

太陽の光が眼を射て、またギュッとつむった。背中がヒリヒリと痛んだのは近くの小さい岩礁に半身を引き揚げられていたからだ。ソメ子さんがそばにいて、ウミ子の両手を取った。

「船幽霊の障《さわ》りじゃって、お祓《はら》いばするとすぐ解ける」

そう言いながら摑んだ手を胸元で合掌の形にする。

ウミ子は眩暈《めまい》がして眼をつむったままでいた。ソメ子さんの声が何か呪文のようなものを唱えだした。

「たまばうかばじょっどばいかっしゃれ。たまばうかばじょっどばいかっしゃれ。

たまぼうかばじょっどば……」

ウミ子はその呪文を暗唱する。

霊は浮かんで浄土へ行かれよ、というような意味ではないか。浮かぶ、は成仏をさすのだろう。ソメ子さんに倣《なら》って胸の中で何度も唱えているうち、呪文の霊験によるものか知らないが水を吐いてらくになってきた。

「おーい、おーい」

桟橋からイオさんの呼ぶ声が流れた。

陽気がいよいよ増してくると、年寄り二人は毎日、仕事のように海へ通って行く。イオさんは桟橋で釣りをして、ソメ子さんは潜った。

ソメ子さんが潜ると、ウミ子は自分こそ船幽霊にやられたのに、高齢のソメ子さんが気になってついて行かずにはおれなかった。

まだ海の水は身震いするほど冷たい。浜へ着くとソメ子さんとウミ子は灯油の空き缶に木切れを入れて焚き火をした。さんさんと陽の照る真下で火に当たって体を温める。普通の海岸なら行き来の人が何事かと見るだろう。

ただ今朝の海辺もウミ子たち三人の影があるばかりだ。

「アワビを一つ採ったら上がること。無理はせんことじゃ」

ソメ子さんが皺だらけの手足を火に炙《あぶ》りながら念を押す。二人一緒に潜って一緒に上がることにした。潜水に慣れないウミ子に合わせてくれるのだ。

ソメ子さん一人なら、実際はひと潜りでアワビの二つ三つは軽く採れる。

「ウエットスーツがあれば、焚き火はいらないんですけどね。あとフィンとかもあると楽でしょう」

ウミ子はソメ子さんのために、波多江島の店に潜水具を買いに行ってもいいと思う。ウエットスーツは体温保持に、フィンは足ヒレで素早く潜って水中移動が簡単だ。よその土地ではこれを装着している海女もいるのである。

波多江島役場の鳴青年は仕事柄、ウエットスーツにフィンと水中呼吸器のスキューバを付けて、一年中この辺りの海中写真を撮っているのである。

「本物の海女はそんなもんば使わねえど」

ソメ子さんより先にイオさんが首を横に振った。

「楽なぶんだけ、どんどん潜って深みにはまりやすい」

「そうじゃ、そうじゃ」

とソメ子さんもうなずいて、

「身も冷えん。息も苦しゅうなかと、楽に深う潜りすぎて、耳ば壊したり、目ん玉が飛び出たり、命まで落とすこともあっでな」

楽こそ恐ろしいと言う。

耳の鼓膜が破れたり、目玉が飛び出るのは、水圧の変化の仕業である。しかし素潜りではそんな深みに降りることはできない。その前に息が切れてしまうからだ。

安全な潜水のためには身体的苦痛は必要なのだと、年寄りたちは身振り手振りを混ぜて説く。

「そんなことより、呪文ば忘れるでなかぞ」

ウミ子は苦笑いした。

体が温まると、桟橋で釣りをするイオさんを残して、ウミ子はソメ子さんとボートで昨日の岩礁まで漕いで行った。ボートの中で耳栓の付いた磯メガネを掛けて潜水の身支度をする。

ウミ子は家を出るとき、イオさんから小さな呪《まじな》いの竹札を貰っていた。海で働く鯵坂家代々の御守りだ。それを腰の命綱に付ける。ソメ子さんは海亀の甲羅をかたどった金の指輪を右手の人差し指にはめていた。海女で呪いを携行しない者はいない。

ソメ子さんが先に、ウミ子が後に続いて水に入った。

岩礁海域は薄暗い。こんな見通しの良くない水中も、逆に透明で見えすぎる水中も、潜るときはどちらも言いようのない緊張感が走る。

暗く濁った水は底が知れず不気味である。けれどはるかな海底まで深く透けて見えすぎる水は、高所恐怖症に似た感覚に襲われる。十メートル、十五メートル、二十メートル。どこまでも下降する。波の上の世界が急速に閉じられていくのを感じる。耳に強烈な圧が掛かってくる。

ウミ子は自分の人型の、水の檻、に閉じ込められる。

目的地点へ降りるまで一気に下った。

途中に目をやってはならない。潜る前にソメ子さんは同じことを言う。真っ直ぐ一直線に、最短時間で潜ること。息を詰めているので秒単位の闘いだ。数秒で目標のアラメの林に降りきって、目当ての場所に頭から突っ込む。

アワビ起こしのひと掻きで、大きなアワビを一個。片手に掴むと、ウミ子は弧を描いて一回転し水面をめざした。ソメ子さんは二個のアワビを掴んで後から追ってくる。海中では若さよりも、年寄りの勘の方がものを言う。

ウミ子は手ぶらで浮上することもあった。シマの方向を間違えると、アワビの場所を探す間に止めた呼吸が保たなくなるからだ。とにかく上がって呼吸を整え、もう一度潜り直す。

三十分も潜水を繰り返すと、ボートに上がって一休みした。用意の毛布に体を包んで熱いお茶を飲む。

「ここのシマは、ウミちゃんにやる」

突然、ソメ子さんは湯飲み茶碗を持って言った。

「ここはな、昔にイオさんとおれで見つけたアワビのシマや。カネの遺産は何もなかけど、アワビのシマはこの波の下にあっどたい」

「でも、わたしはもう潜らないかもしれないです。大分の家に帰ったら、向こうの仕事があるんです」

イオさんが生きている間だけ、この島と海につながっている。イオさんが齢とっていなくなると、そのとき島とは縁が切れるだろうと思う。そんなウミ子の事情をソメ子さんも知らないはずはないだろう。

ソメ子さんはちょっと考えるように口をつぐむと、

「世の中にカネばいらんと言う人間はおるめえ。ウミちゃん、アワビば今、数が減って高騰して、キロなんぼすると思うとるか。ここにゃひと夏潜れば二、三百万になるアワビがあっとぞ」

海女は夏場に一年間のほとんどの収入を得る。

「……」

「わしの眼が黒いうちに、ウミちゃんのアワビ採りば手伝うてやろう。わしにゃもうカネば残してやる家族もおらん。おめえが娘のようなもんじゃ」

ソメ子さんはどうでもこうでも、このシマをウミ子に渡したいふうだ。

「ありがとうございます。考えてみます」

ウミ子は逃げられなくて中途半端な返事をする。ひと夏何百万円になろうと、自分の体で潜って働かなくてはそのお金は得られない。若いときに海を離れ、この齢になってまた海に戻れというのである。

「大丈夫。ウミちゃんの体は、まだ潜り方をしっかり覚えとる」

「それにしても」

とウミ子は海面を見渡した。

「アワビのシマって波の下ですもん。場所、覚えにくいです。潜って探すうち息が切れてしまいそう」

陸なら旗など立てることもあるが、水の底のアラメ林を探るのは秒単位の技である。

「そりゃ、山タテばするとよか」

ソメ子さんは造作ない言い方だ。

「山タテ」

年寄りがよく言っていた。

「辺りの景色の見立てじゃ。遠くの岩礁やら島影を引き寄せて、アワビのシマと位置合わせばする。そしたら頭の中に自分一人の海図ができる」

昔、上海女たちは自分の漁場を覚えるときにそうやったのだという。ソメ子さんは右手を伸ばして、

「ほれ、向こうに島影があるじゃろう。それとこっちの突き出た岩場に線ば引いてつなぐとさ。それにシマを三角に結んで眼の中にしっかりと収める。その景色ばよく見て覚えておけばよか」

ウミ子は首を上げて彼方に霞んだ島影と、海面に矢じりのように突き出た岩礁を眺めた。ボートの現在地点からその岩礁と島影と、三点までの距離を目測する。

自信はない。そうやってあらためて見る景色は、今までの風景とどこか違って見えた。まばたきをするとスッと消えてしまいそうな眺めである。

一息ついてまた潜った。

二人の磯桶一杯にアワビが採れた頃。

小アジの大群が銀砂子を蒔くように、キラキラ、キラキラとアラメの林に泳いできた。たちまちウミ子の頭上に、魚群の立てる真っ白い泡が雲のように盛り上がった。振り仰ぐと、大きな青い鳥の足が泡を蹴散らして水中を凄い速さで滑って来る。

一羽。二羽。三羽。

カツオドリの襲来だ。

小アジの群れは散らばり、また塊となり、また散開し、水中を狂ったように逃げ回る。カツオドリは人間の子どもくらいに大きかった。小アジを追い上げ、蹴散らし、大きな嘴《くちばし》でつかみ獲る。

獲物を摑めば水煙となって海面へ躍り上がった。ズボッ、ズボッ、とカツオドリの抜けた穴が波間に残る。

カツオドリたちは後から後から飛来して、ズボッ、ズボッと機雷のように水に突き刺さってくる。鳥の機雷は水煙を上げて海中を空のように飛行する。

ああ、鳥は水の中を泳げるのだ。

ウミ子は眼を見はった。

魚のように泳ぎまくるのだ。

いや、魚以上に泳げなくては、獲物の魚は捉まらない。三十秒か、一分。それ以上、カツオドリは平気で水中を泳ぐ。磯メガネも耳抜きもいらない。

アラメの林からソメ子さんが出てきて上を指した。

上がるぞ！

と合図する。潜水時間を食い過ぎていた。

ソメ子さん、とウミ子は頭上を飛ぶカツオドリを指した。

カツオドリが飛んでいます！　空みたいに飛んでいるんですよ！

わかった、
とソメ子さんはうなずくと、命綱を引いて先に上がって行く。

ウミ子が後から追った。

水面の青い水天井《みずてんじょう》がぐんぐん近づいてくる。

あれば見ろ。

ソメ子さんが水天井の白い光の輪を指さす。

太陽の反射を集めた光の輪が、波の下にゆらゆらと大きな円球になって輝いている。

天気の良い日に必ず海面に現れる現象だ。揺れながら溶けたり砕けたりしながら日輪の形にまとまっている。見知らぬ惑星を眺めるようだ。そこから光の帯がまっすぐ海底へ降りて、獲物を銜《くわ》えて上がるカツオドリを照らしている。

ウミ子は夜空に浮かんでいる気がした。

「いつじゃったかな、昭洋丸の遭難で死んだ弟の勝治がな、朝方の夢枕《ゆめまくら》に立って言うたことがある。姉ちゃ、おれは家移《やうつ》りばすることになったぞ、とな」

アワビ採りを終えて桟橋へ帰る途中。ソメ子さんはふと思い出したようにしゃべり出した。ウミ子はボートを漕いでいた。桟橋には釣りをするイオさんの影が小さく見えていた。

勝治という人はソメ子さんの実弟だ。時化で遭難死して間もなく、ソメ子さんの夫の守さんの口を借りておれはイソシギに生まれ変わったと、言いにきた人だ。家移り？　引っ越しのことである。

「イソシギが家移りするんですか」

ウミ子が妙な顔をすると、

「おう。イソシギの寿命が終わったんでな、そろそろほかの鳥に家移りすることになったそうじゃ」

ソメ子さんの話はわかりにくい。

「それでどこへ移られたんですか」

「今度はカツオドリじゃって」

魂の引っ越しというわけである。

ウミ子はボートを漕ぎながら、さっき海中で見たカツオドリの青い姿を眼に浮かべた。

「時化で亡うなった漁師だちは、みんな、あんな風に鳥となって空に上がって行ったんじゃろうか。懐かしか気持がしたのう……」

ウミ子は黙ってオールを動かす。

平成三年の昭洋丸遭難では、ウミ子の父も亡くなった。遺体は揚がらなかったが二度と戻らぬ人になったのは確かだ。ウミ子も帰らぬ父が懐かしい。カツオドリと勝治さんのつながりは何とも言えないが、ソメ子さんの気持がわからないわけではない。

栈橋に着いた。今日の収獲を調べると、イオさんの魚籠には二十センチほどのアジが六匹。ウミ子たちの磯桶からは大きなアワビが十個。ソメ子さんは海底の岩の間から伊勢エビの小さいのも五匹獲っていた。

「これで四、五日は食いもんの心配はいらん。明日から雨が降る。海が時化ると天気予報が言うとった」

とイオさんが帰り仕度をしながら言う。釣り糸を垂らしながらラジオを聴いていたのである。

近くの貝殻島で年寄りが一人亡くなった。

人口六世帯十一人の島で最高齢だった女性、九十五歳の溺谷《おぼれたに》シオさんだ。彼女がいなくなると、貝殻島に残る住民は六世帯十人となる。

朝早く祝島の元海女仲間からの連絡網できた。連絡網といっても本人はもう眼が見えないので、長男の嫁があちこちにプッシュホンを押して伝えてくる。電話を置くとイオさんは涙に暮れながらつぶやいた。

「おお。人間はつまらんもんじゃ。魚のようにヒラヒラと海中ば泳いだおなごが、明日は死んで虚しい灰となるか。命は儚いもんじゃ。島も山も岩も千年動かぬもんを、人間は甲斐《かい》なかぞ。甲斐ない、甲斐ない」

百年近く生きて来た年寄りの繰《く》り言《ごと》は、どこか『ハムレット』のセリフのようである。悲しみも喜びも怒りも、誰に倣った言葉でもないが名文句だ。

間もなく金谷ソメ子さんが起き抜けの顔のまんま、白髪頭を振り立てて息を切らしながら坂を上がってきた。朝日が白々と射す上がり框《がまち》にソメ子さんはぺたんと腰を下ろして泣き出した。

「夕べはどうしてか、家の外でいつまでも、妙なカラス鳴きがした。太か肺腑《はいふ》をえぐるような声で、日が暮れても、一番星が出ても鳴いていた。おれは外に出て怒鳴った。おい！　おまえだちゃ何が切のうて、そんなに鳴くか。鳥は早う寝るもんじゃ。夜鳴く鳥がどこの世界におろうか！」

イオさんが上がり框まで出て行って、横座りしたままうなずいて聞いている。島のカラスは図体が大きい。浜辺で昆布なども啄《ついば》むので翼は帆のように太く逞しく、羽根は人間の女の黒髪のように光っている。

「そしたらカラスは何と言うた？」

「地の洞《ほら》から風が吹くような声でのう、今夜《こんにゃ》、ばさまが一人亡《の》うなったど、と言うたわい。そして涙で爛《ただ》れた赤い目でおれば見つめてこう言うた。……カラスは人間に連れ添うて生きるもので、人間の年寄りにはカラスの一生の内にいろいろ受けた恩がある。それを返せね内に死なれて悲しい。おれだちのカラス鳴きは鳥の読経《どきよう》じゃ」

「おお、思い出したぞ。そうかもしれん、そうかもしれん。わしも夕べは裏の庭で、そのカラス鳴きの胸苦しか声ば聞いた」

年寄りの話のやり取りは食い違うことがない。およそ彼女らの言い分に争い事はなくて、双方の話は相和して溶け合い一つの話となってつながるのだ。人生の終幕が近づくと、自分たちが引く幕の破れやほころびを自然と繕い合わせる。年寄りの合い言葉はいつも、

「おお、そうじゃ、そうじゃ」

か、または、

「そうかもしれん、そうかもしれん」

というものだ。

「朝ご飯できてますよ。二人ともお膳にどうぞ」

とウミ子が気持を引き立てるように声をかけた。ソメ子さんは水を飲んだだけで来たのである。

アサリの味噌汁に御飯とヒジキの煮付け。野菜は貴重なので晩ご飯にだけ付ける。年寄りたちは肩を落として座ると、そのくせもりもりと食べる。年寄りの体には卵が欲しいが、鶏を飼うと海鳥やカラスに狙われる。それで卵は定期船で米や味噌な

ど一緒に運んで貰う。

本土では人が死ぬと通夜《つや》はその夜におこなわれるが、島の夜は船で来る客の足がない。それで昼から日没前に仮通夜はすませて、仏の枕元についてやる客だけ夜明かしする。

「わしは昼の仮通夜に行こう。一時にタクシーが出ると言うていた」

とイオさん。

「そんならおれもそれに乗って行こう。それで夕方はひとまず帰って来て、またタクシーで葬式に出直そう」

「それがええ。泊まり客が多いと溺谷さも大事《おおごと》じゃでな」

ソメ子さんがうなずいた。小さな島でタクシーといえば、定員十二人の海上タクシーのことで、待合場所はこの島の船着き場だ。年寄り仲間は通夜も葬式も出かけて行く。ほかに用事のない身である。

「シオさんはご病気はなかったんですか」

ウミ子はお茶を淹れながら聞いた。

「上海女は病気知らずじゃ。高血圧もなかで心臓もよう動いた。海に潜るとよかことが多い。シオさんは洗濯物を干しながら倒れた。ようやく心臓の拍ち止めのときが来たんじゃな」

「そう、ようやく拍ち止めじゃ」

二人は湯飲みのお茶で箸を漱《すす》ぐと、そのお茶を飲み干した。

そういうことなら、シオさんは大した苦もなくパッタリ倒れて逝ったのだろう。絞ったままの自分の肌着と野良着と手拭いをバケツに残して。

今朝の明け方の空はよく晴れて銀色の朝日が昇りかけていた。朝の大気は澄んでいるので、光は金色ではなくて銀色だ。海に散らばった島の一つから、朝日の道を伝って今朝一つの魂が昇って行ったわけである。

「よか死に方じゃ」

「美しか死に方じゃ」

二人でまた死者を褒め称えると手を合わせた。

「御馳走《ごっそう》さん」

ソメ子さんは腹ごしらえがすむと自分の家に帰って行った。後は昼に船着き場で会うことにする。

ウミ子はイオさんの夏の喪服を出した。先月、この島の南風原《はえばる》ナオさんのとき着たばかりだ。ウミ子は亡くなった溺谷シオさんを知らない。喪服の用意もないので、イオさんとソメ子さんに付き添って今日の仮通夜にだけ行くことにする。

茶箪笥《ちゃだんす》から不祝儀用の封筒を出すと、香奠《こうでん》を入れてイオさんの名前を記した。香奠は島の取り決めたわずかな額である。引き出しには葬式の不祝儀袋は買い置きの束があったが、祝儀袋の予備はない。イオさんの残りの人生に結婚式へ行くアテなどないから不要である。

余生にいるものと、いらないものがはっきりした暮らしだ。

溺谷、という姓は一帯の島民には結構多い苗字で、この辺りの海中の地形をいうのだ。大昔、複雑に峰をそびやかしていた山脈が地殻変動で海底へ沈み込み、高い山の峰が波間に突き出てそれぞれ島になった。

海中の溺れ谷は美しい珊瑚の住み処となって、魚や貝や昆布の林を育てている。

午後一時を少し過ぎた頃、桟橋に海上タクシーの黄色い船影が現れた。船が着くと中は祝島から来たらしい黒い喪服姿の人々で、カラスの巣窟《そうくつ》みたいな眺めだった。平服はウミ子と、あとは急いで乗り込んだらしい数人の漁師くらいだ。

貝殻島はごく小さな島だけれど、十年ほど前までは五百人ほどの島民がいて、店や銭湯もあり幾つかの町内があった。その面影が未だ残った通りには、アスファルトの道路が連なり、六世帯の家だけが今も居残っている。どの家も比較的新しい新建材の造りである。

溺谷家は崖の上に建っていた。亡くなったシオさんの長男が当主で嫁と二人で丁寧に出迎えた。九十五歳の年寄りの穏やかな旅立ちは、天気の良い朝に洗濯物を竿に掛けるような感じだ。息子も嫁もすっきりと気合いの入った顔である。

夫婦は六十代半ばくらいか、ウミ子と同年配のようだった。みんなはぞろぞろと家の中に案内される。

「共働きで家の掃除もおろそかにしとります」

海女をしている嫁が大柄な体を縮めて言った。

田舎では掃除の行き届いた家はめったにない。それが普通というものだ。働き者の夫婦らしくきびきびしている。通夜に来たはずだが、ウミ子は久しぶりに生活者らしい人間に会った気がした。

家の中はまだ葬式の黒白の幕は張られてなかった。

奥の仏間に入るとシオさんの亡骸が安置され、縁側の障子《しょうじ》は一杯に開け放たれて水平線が光っていた。よく晴れた東シナ海の本当に夢のような青い海だ。潮風が流れ込んで、布団ごとシオさんは海へふわりと運ばれて行きそうだ。

亡骸の顔に掛けた白布が風に飛んで、息子が拾いに行く。やがて葬儀社の係が長い白布を持って来た。それをシオさんの顔にかぶせて覆い直すと、布の両端をしっかりと枕の下に挟み込む。

「障子を少し閉めたらどうかしら」

ウミ子がイオさんに囁くと、

「いや、あそこから死んだ者が出て行くんじゃ」

と耳打ちされた。

ウミ子にはその意味がよくわからない。

波多江島から浄土真宗の僧侶が来るのは、午後三時だという。まだ一時間以上あるが、亡骸の前には黒い服の島民たちが二十人ほども集まった。みんな手に手に白い菊の花を持っている。長男の嫁が白菊の束を持って来て、イオさんとソメ子さん、ウミ子にも一本ずつ手渡す。

年老いた漁師風の黒服が進み出て亡骸の前に座ると、一同は無言で拝礼した。線香は焚かれない。部屋の中は海風だけが通っている。

それから読経、というか、ウミ子の耳に聴き覚えのある歌が人々の口から流れ出した。金谷ソメ子さんが彼女の家で唱えていた奇妙なお経と同じだった。

ソメ子さんも人々の唱和に加わったが、イオさんはただ頭《こうべ》を垂れ眼を閉じて聴いている。黒い服の人々はみな声を合わせて歌っている。

てーんーにぃーー、

でーうーすーが

あらーしゃってーぇ、

というところで、導師がチリリーン、チリリーンと澄んだリンの音を鳴らす。音律は仏教の御詠歌に似ているが意味の通じない言葉だ。ソメ子さんの家で聞いたとき、でうす、という言葉が気になった。

そうだ、東京に住む息子にいつか話して、調べて貰おうと思ってそのままになっていた。こんな海の果てのような所にいると、成長したわが子のことを思い出すとはないし、また、忘れるほど別の暮らしをしている。

うーみーぃにーはーぁ

あぅーえーすぅ、おらしゃって、
さるうーすぅーばーねごぅーなーる。

でまたチリーン、チリリーンとリンが鳴る。

ウミ子は障子の外を眺めていた。唱和のせいか夢見心地の気分だった。海は何層もの濃い青から淡い青まで、うっとりするようなグラデーションの色の帯を沖に広げている。

浜辺に近い方は透明で色はなく、その先は明るい肌色でまだ砂の色が水に透けている。それから海は深くなるにつれて淡いエメラルドグリーンに変わり、その先は青みが勝ってくる。そして水平線の沖合は濃い群青一色に染まっている。

その辺りまで深くなると、水もずいぶん冷たいだろう。

古代から日本では赤や青など色には、もう一つ別の意味があるとウミ子は何かで読んだことがある。

赤は生命力の謳歌や、際立つエネルギーや溢れるエロスを指すという。生まれて間もない子どもは、「赤ん坊」「赤子」と呼ばれ、天照大神《あまてらすおおみかみ》が隠れた天岩屋戸《あまのいわやど》の前で踊った天宇受売《あまのうずめ》は、「赤裳《あかも》」を身に付けていたのだ。

青は「青年」「青春」など、若く瑞々しい「生命」の発露を表す一方で、反転して「死」も表すのだという。青山《せいざん》とは人が死んで葬られる墳墓の地のことだ。

そして青い空や青い海原は、人間の「命」が還っていく所にもなる。シオさんは今日その天も地も青くひとつなぎになった所へ、謎めいた歌と共に送り出されて行こうとしているのだろう。

黒い服の人たちが一人ずつ立ち上がる。手に手に白菊の弔花を持って、亡骸の布団の胸に置いていく。

歌の言葉は何一つ理解できないが、アーラ、とか、ペンナ、という文句が何度も出た。ミコアイサ、という文句が妙にはっきり唱えられる。その後に、ラチネ、ラチネ、と何かに哀訴するように繰り返されて不思議な祈りの唱和はやんだ。

白菊の花が片付けられると、葬儀社の係が待っていたように白と黒の幕を張り巡らし、枕元に仏式の樒《しきみ》の花を供え、線香を焚き始めた。部屋の眺めが一変する。仏教の香りが立ちこめる。僧侶のための金襴《きんらん》の厚い座布団が置かれた。

気が付くと、またいつの間にか次の海上タクシーが島に着いたようで、黒い服の人々が十数人、部屋に入ってきた。ウミ子は腕時計を見る。針は二時四十五分を指していた。

やがてふっと部屋が静かになると、廊下に衣ずれの音をシャリシャリと立てながら波多江島の住職が入って来た。何か二つの葬式の映画でも見ているような具合だった。

夕方、帰りの海上タクシーが待つ桟橋まで、一緒に来た黒服の人たちとぶらぶら歩いた。

無人のアスファルトの舗装路《ほそうろ》が整然と通っていた。

住人が定期的に雑草取りなどしているのか、荒れ果てた様子はそれほどなくて、むしろ町の中に人の姿がまったくないことが異様だった。何か尋常でない事件というか、凄い異変が起こった土地のようである。

つい十年ほど前まで、ここには大勢の島民の声が響いていた。養生島は住民の大半が消えて半世紀も経つが、この島はまだ町に住んでいた人々の暮らしの残響がゆらぐようだ。

「こないだまではここに五百人以上もいた人たちが、アッという間にいなくなったんでしょう」

ウミ子は横を歩く黒服の老人に聞いてみた。

「よほどこの生活が不便だったんでしょうか」

ウミ子にはそんなふうには見えない。廃屋になった小さな映画館がある。スーパーマーケットらしい建物も残っていた。それほど暮らしに困ることはなかったのではないか。通りには一行の立てる喪服の靴や草履の音だけがある。

「不便とは違うな。ただもっと便利な暮らしを知って、島を出て行った。町がひらけると、そのぶん外がよう見えるようになる。魚臭うない職場、クルマ、大型スーパー、とりどりの外食店、ディスコなんちゅうもんもある」

老人は逞しい風貌で、耳のもみ上げの白髪が鯵の銀色の鱗みたいに見える。

「われもわれもと島ば出て行った」

最後に現在の六世帯が残ったわけか。

「しかしなんぼか住民が残ったというても、昼間ここは無人島も同然じゃ」

「無人島？」

「年寄りはみんな死んでしもうて、現役の人間ばかりじゃけな。夫婦で隣の柿崎島《かきざき》の漁協に働きに行く。朝、船で出て行って、夕方に帰る。その間はガランとして、通りにゃ猫しかおらん」

ウミ子は辺りを見まわした。

廃屋の軒下に白い猫がうずくまっている。

「いや、猫だけじゃなか。溺谷のシオさんが杖をついて歩いとった。足のリハビリのためにのう、昼の通りをコツコツと一人で行き来しとったもんじゃ」

白い海辺の陽が降り注ぐ通りを、人間の姿が絶えた舗道を、さっき顔の白布がめくれて露わになった白髪のばさまが、生きて歩いて行くのが見える。若い者たちが出て行った後の、欠伸《あくび》の出るように長い昼を、そうやって何十年過ごしたものだろう。

鯨獲りの活気づいた歌や、海神を祀る海女たちの歌も聞こえなくなった無人の町を、溺谷シオさんはコツコツと歩き続けた。そうして昼間の島は猫だけになった。

貝殻島の弔いに行った翌朝、ウミ子はイオさんが起きて来ないので、部屋の奥をそっと覗いてみた。年寄りでなくても葬式に加わるのは疲れる。というのもその日は波多江島の保健所でおこなわれる、一年に一回の元漁業就労老人たちの健康診断の日だった。

わざわざ元漁業就労といわなくても、島の老人のほとんどは漁師か海女だったので受診者は多い。それで健康診断の日は地域や島ごとに分かれていて、養生島のイオさんとソメ子さんは今日である。今日行けないときは、よその島の診断日にわざわざ役場を通じて手続きをやり替えて貰わねばならない。面倒ではあるが、葬式疲れを引きずって行けば診断に影響するだろう。

コトリとも音のしない部屋の襖を開けると、ちんまりと仏壇の前に座ったイオさんの背中が眼に入った。

「今、溺谷のシオさんに拝んでいた。今日からは電話の手間もいらん。ただ仏壇の鉦をチーンと鳴らせば通じるようになった」

と、振り返って言う。そこらにシオさんの魂がふわふわ浮かんでいるようだ。もう布団は片付けられて、着替えのよそ行きの夏服が出してあった。波多江本島行きは、年寄りには滅多にない街行きだ。

朝ご飯を食べてよそ行きに手を通す。今まで見たこともないイオさんのスカート姿が出来上がった。藍の綿地のアンサンブルに編みの手提げ袋。日傘もある。赤銅色に磯焼けしたその顔に白い日傘を差せば出来上がり。

ウミ子も台所の洗い物をすませると着替えを始めた。するとイオさんが背後に来て、

「おまえは来んでもよかたい」

すっと言った。思わず振り返って、

「どうして？　ついて行くつもりだったんだけど」

「わしだちだけでよか」

「帰りに買物するといいわ。荷物持ちはわたしにまかせて」

ウミ子が笑顔で言うと、イオさんはむっつりと、

「若い者が一緒じゃと、家族がおるげに思われる」

ウミ子はドキッとした。

「……………」

「身寄りのない年寄りの姿ばして行くさ」

ウミ子は家族でないというのだろうか。そう思えば、なるほど家族とは言えない気がする。年に一回か、ときには何年に一回しか帰って来ることがない。たまに娘の顔をしてついて来られると、一人暮らしの老人が受ける行政のサービスが受けにくくなったりするのだろうか。

わしが倒れたら、おまえが大分の山から迎えに来るか。それでなくても、島に居残った年寄りを持て余した行政が、親を迎えに来いと呼び出すかもしれん。わしは島に突き刺さった、生きた棒杭《ぼうくい》じゃ。イオさんの色素の抜けたような眼がそう語っ

ている。

あの世の友達と交信するようなことを言うかと思うと、この世の生きにくさを見《み》据《す》えた冷めた眼を光らせる。油断のならない年寄りだ。

「おはようござす」

母娘で睨み合っていると家の外で金谷ソメ子さんの声がした。葬式疲れもなく彼女の声もしっかりしている。縁側から外を見ると、ソメ子さんも麻のワンピース姿に日傘を差していた。

ウミ子は二人を船着き場まで送って行った。定期船の運航に合わせて健康診断の順番を決めているので、いつもの船が年寄りを待っていた。

「晩ご飯の用意はいらんぞ。わしらは港の食堂で何でも食うて帰る」

二人を乗せて定期船は桟橋を離れて行った。ウミ子は今日は魚釣りをする気も起きず、しばらく突っ立って沖を眺めていた。来なくていいと言われたことが胸に堪《こた》える。差し伸ばした手を払われた。親孝行の真似事がとっくに見透かされている。

帰り道、坂の中途で腰のズボンの携帯電話が鳴った。息子のことを思い出したばかりなので、まさかその智広《ともひろ》かと思ったが、勤め人の男がウイークデイの午前中に掛けてくることはない。息子よりもっと年の若い波多江島役場の鴫だった。

「おはようございます。ぼく、これから沖根島《おきね》に行くところなんですが」

　とやや固い仕事モードの声がする。

「ウミ子さん。夕方までの時間、空いてないですか」

「何かあるの」

　ウミ子が尋ねる。沖根島は波多江本島から南東に三十分ほど船で行く小島だ。以前は百人ほどの住民が半農半漁で暮らしていたが、二十年ほども前にみな集団離島して今は無人になっているようだ。

　野生の鹿が増えて畑の被害が広がり、まず農民が島を捨てた。その後、残る漁民だけでは島の生活が立ちゆかず、またすぐに第二波の離島が続いた。

「あとは鹿と猪の島になってしもうたようじゃ」

　とイオさんが話していた。

「新聞社に渡す宣伝用の観光写真を撮るんです。来週辺りからそろそろ梅雨に入るので今のうちに撮りたいんです」

　そういえば快晴が続いている。

　沖根島といえばウミ子は子どもの頃に行ったはずだが、浜で網を引く人々の姿だけうっすらと覚えている。

「そこで写真のモデルになってほしいんです」

「わたしがモデル」

ウミ子は驚いて大きな声を出した。

「と言っても、島のおばさんという感じで、自然に写って貰えたらいいんです」

島のおばあさん、ではないかとウミ子は笑ったが、鴫のような若者にはつまりどっちでもいい。

モデル料は出ないが弁当付きで島の観光もできると言う。ウミ子は首をかしげた。

「鹿と猪だけの無人島が観光地になるの？」

それに無人の島におばさんがどんなポーズで写るというのだ。それこそ鹿と猪が写ったほうがぴったりくるだろう。

「しかし沖根島は無人島じゃありませんよ」

「えっ、住んでる人がいるの？」

「今のところ島民はたった一人ですけどね。しかし一人でも人間がいるのと、まったく誰もいないのとは歴然とした違いがありますよ」

鴫は妙に力を込めて言う。

「まあそれはそうでしょうね」

とウミ子も押されてうなずいた。人がいれば有人島で、いなければ無人島である。人間が一人いても、まったくいなくても、その違いは変わらない。

「島民がいれば、島のインフラが必要になるんです」

と鳴が言う。

「船着き場に、定期船。道に、電信柱、水道なんかもいりますね」

「たった一人のためにでも？」

「ええ。沖根島は住民は一人だけど最低限の設備が整ってるんです。あの島を見たらウミ子さんも感心するでしょう」

鳴はクスクス笑って、

「一時間後にはそっちへ着きますから」

と言って電話は切れた。

沖根島の入り江に入ると、船は速度をだんだん落としていく。潮の流れ込みが少なくて海面は薄いブルーに透き通っている。波が立たないので、いちめん水がかき消えたように見えて、船は音もなく空中に浮かんでいるようだった。少しでも体を動かすと浮遊の均衡が崩れて落下しそうだ。

「恐いようだわ」

子どもの頃、こんな透き通った浜はあちこちにあったものだ。美しすぎて怖ろしい夢を見ている気がする。向こうの船着き場の白い桟橋も、透き通った薄青い水深のぶんだけ浮いている。

鳴がエンジンを切ると景色がゆらっと止まった。船は空と海のあわいで魔法に掛かったように動かない。

鳴はカメラのシャッターを切り続けた。

「ここの入り江の透明度は潮の流入が少ないせいです。……それとやっぱり人間がいないせいかな」

と鳴が言う。貝殻島の海も似ていた。

「ねえ、サルースっていう言葉、あなたのお祖母さんから聞いたことないですか」

ウミ子はあの黒服の人々が唱和した奇妙な文句を思い出していた。あの唱和の流れる部屋からもこんな海が見えたのだった。

「サルースはラテン語じゃないかな、たぶん。うちのばあちゃんも仏壇の前で唱えていましたがね」

「鳴さんのお宅もそうだったの」

「子どもの頃から聞きながら、ずっと不思議だったんです。それで大学でちょっと調べてみたらラテン語にそれらしいのが見つかりました。長い間に人の口から口に伝えられたので、ちょっと違うかもしれないけど……」

「それでわかったの? サルースの意味が」

「ええ。救済、っていうんじゃないかと」

仏教ではなさそうだが、宗教には違いない。それなら、とウミ子は耳を澄ました。辺りは静かすぎて人々の唱和が響いてきそうだった。

「マルっていうのは」

「たぶん海」

「デウス」

「神です」

これははっきりと答えた。

「アーラ」

イスラム教を連想して、これも神かとウミ子は思ったが、

「アーラは翼です。ほら鳥のこんなの」

鴫は両手を上げて羽ばたく仕草をする。

「ミコアイサ」

「海鳥」

と鳴が言った。

「これはなかなかわからなかったけど。結局、海鳥か、もしくはその中の、ミサゴかもしれない」

「ああ。ミサゴはいいですね」

ウミ子もそんな気がした。

ミコアイサはミサゴなのだ……。

「カツオドリは何ていうのかしら」

「そうですね。調べてみようかな。あるんじゃないかなあ」

アワビ採りの漁場で見たカツオドリの姿が浮かんできた。あんなふうに海鳥たちは海女と、一緒に海の中で泳いでいたのだ。

溺谷家でみんなが唱えたお経のようなものは、やはり海の信仰の何というか、賛美歌に似たものなんだろう。時が止まったようなこの島の入り江に浮かんで、ウミ子は前から抱いていた謎が解けかけてゆくのを不思議に思う。

「さて上陸といきましょう」

鳴はエンジンを掛けた。海面にさざ波が立ち始める。船は桟橋に向かって静かに進んで行く。

真新しい桟橋が白い道のように近付いてきた。

『はたえ4号』が接岸すると、ウミ子は鳴の後から桟橋に降りた。住民一人だけの島というのに、桟橋の向こうの広場は整地され、草も刈られて清々しい。ここにも見たような鳥の幟が立っていた。養生島のイオさんとソメ子さんの幟ほどひどくはないが、こちらも手作り手描きとひと目で知れるミサゴの幟が揚がっている。ウミ子は立ち止まって見上げた。

「これは宿泊センターの管理人が作ったんです。彼はたった一人の沖根島の島民です」

「ああ。そういうことだったの」

とウミ子は言った。

鳴が笑いながら向こうへ手を上げた。そのとき道の方からがっしりした体軀の老人が姿を現した。

　桟橋に降りると真っ黒に潮焼けした顔の老人が出迎えた。

「あれ、鯨塚《くじらづか》さんとこの爺ちゃんじゃないですか」

　と鳴翔太が言う。

「うむ。今朝、本土から何や学者がやって来てな、帆立《ほたて》岩の社を見たいと言うんじゃ。倅が船ば出して連れて行った」

　それで老人が管理小屋の留守番というわけだ。八十歳は越えているだろうが、島の老人はほとんどが漁師揚がりで、ランニングシャツに短パン姿はゴツゴツした殻に海苔を生やしたサザエみたいだ。

「へえ、あの岩礁は接岸するだけでも難しいのに、奥の社まで案内するんですか。そりゃ鯨塚さんは大変だ」

　鳴青年がうなずいている。

帆立岩は島の裏手にある岩礁で、そそり立つ岩山の奥に古い社があることは、ウミ子も子どもの頃に聞いていた。沖根島がまだ全島集団離島をする前は、この島にあった沖根神社の神主が毎年正月に社へも詣でて、東シナ海の航海安全を祈願した。今は本殿の島の神社も藪に呑まれているだろう。

三人で管理小屋までてくてく歩いた。

昭和の初めまで捕鯨《ほげい》基地で栄えたという沖根島は、ウミ子が生まれ育った養生島より大きい。それが今は藪草に覆われていちめん緑色の海だ。

「桟橋まで迎えに来て下さるだけでも大変ですね」

ウミ子は額の汗を拭いた。

歩きながら鳴がウミ子を老人に紹介した。

「養生島の鯵坂家の娘さんです」

老人がうなずいた。

「鯨塚さんはこの島のたった一人の住民、管理人の親父さんです」

そういうことだったのか、とウミ子はうなずいた。

「しかし客が来ん」

そうかもしれない、とウミ子は辺りを見まわした。町が消えてしまった後の茫々とした草原と、その彼方に標高四、五百メートルほどの山が見える。それだけだ。

栈橋を設け管理小屋を建て、貸自転車三台分出費した波多江島役場は、もしかしたらしくじったのかもしれない。

「あんた、ここへ何の写真ば撮りに来たんか」

鯨塚老人が前を向いたまま聞く。

「そりゃもう透明度の高いここの海ですよ」

鳴が答える。

「何のため撮るんじゃ」

「むろん観光のためです」

「ふん、海が澄んどったら観光になるか」

と老人はうそぶいた。付き合いにくそうな年寄りである。けれど鳴も負けてはいなかった。

「へえ、なりませんか? 天国みたいな海があって、空があって、島がある。それでもなりませんか?」

「そんなもんは沖縄でも石垣でも奄美でもあるわい。そのうえ向こうには高速艇から飛行機便なんかもある。名物料理の食堂も土産物も、スキューバダイビングの設備もある」

　鳴は旗色が悪くなった。

「ええ、その通り、そんなものは海外の南洋諸島だってありますよ。でもここには、よそにないものがあるんです」

　おや、とウミ子は並んで歩いている鳴の顔を見た。

「そりゃ何じゃ」

　と鯨塚老人。

「歴史ですよ。この辺りは奈良、平安の昔に西の果てといわれていた所です」

「ふん、しかし今は沖縄の先の島々の方がもっと果てじゃ」

　それを鳴がやり返した。

「それは日本地図上の果てですよ。ここは『古事記』に魂の還る所と記されているような、この世の果てだったんです。遣唐使が最後に寄港して水を汲み、東シナ海の荒波を渡るため風待ちをした場所です」

「うむ。だがそんな昔のことは眼に見えぬものじゃ。この何にもなか草ばっかりの島に何がある？　観光客は眼に見えるものを欲しがっとる」

「でも見えないものを見たいという人間だって、いないわけじゃないですよ」

向こうに管理小屋が現れた。けれどそこまで行くにはまだ当分かかりそうだ。

「まあな……」

老人は遠い小屋を眺めながらぼそりと言った。

「それで」

とウミ子は二人の話に口を挟んだ。

「鳴さん。そのポスターには何て書くの？」

え、と鳴翔太がウミ子を見る。

「観光ポスターのキャッチフレーズよ」

あっ、そうか、と鳴は宙を探るような顔になる。

「ここは遣唐使で空海の乗った船が通った所ですからね」

「それで……」

「空海のロマン漂う海」

「ロマンなんてだめ」

とウミ子が首を横に振る。

「つまらん、つまらん」

と鯨塚老人も付け加えた。

「あっ、これはどうです」

鴫が声を変えた。

「どんな」

「会いたい人に会える島」

ウミ子と老人は黙った。

「どういう意味？」

「昔このあたりの島々を、『古事記』では知訶島《ちかのしま》って書いたんです。それで、ちは魂、かは集まるという意味だそうで、つまり、ここは亡き死者にこの世で再会できる場所だと伝えられたんです」

「空海は蓬萊の島々と言ったわね」

いずれもこの世のぎりぎりの際《きわ》ということだ。

「藤原道綱《みちつな》の母の『蜻蛉《かげろう》日記』にも、それを詠んだ歌があります」

そう言うと鴫は、

ありとだに　よそにてもみむ　名にしおはば　われに聞かせよ　みみらくの島

と大真面目に声に出してみせた。

「あんた、水産大にしては文学者じゃのう」

鯨塚老人が感心し、

「大学は関係ないですよ。ぼくは役場の広報課です」

と鳴が言う。

「この歌は『蜻蛉日記』の作者、藤原道綱の母という女性が、亡き母に会いたいという想いをこめてつくったんです」

「でも、会いたい人に会えなかった、と言う声も出るかもしれないわ」

「ウミ子さんは現実派すぎます」

鳴はムッとしたように首をまわした。本気で怒ったのかもしれない。ウミ子は首をすくめた。

「とにかく」

と彼は口を尖らせた。

「眼に見えるものはなにもない。眼に見えないものだけがたっぷりある。いい所じゃないですか」

やがて管理小屋の戸口の前に来た。

「まあ。結果が出ることを祈ろう」

入口の鍵を開けながら老人が笑った。

鯨塚老人は留守電の有無を確かめる。

どこからも電話は掛かっていなかった。その分野の学者以外に用のない小屋か。

小屋とはいうが宿泊施設は一応整って、十人分の寝具や食器は用意がある。

「ウミ子さん、ちょっとそこの敷布団を敷いてみてください。写真に撮るからゆっくりと……。ええ、ついでに枕も並べて」

鴫がカメラを構えて、ウミ子に指示する。宿泊施設の写真もポスターの隅に載せるらしい。

「はい、そこで、ようこそっていう感じでニッコリして」

もしかしてこのためにウミ子を誘ったのだろうか。

上がり口に鯨塚老人とウミ子を並ばせて、

「はい、ここでもニッコリね」

管理人の老夫婦という感じだ。

「お客が本気にするわよ」

「こないだまで居たってことにしますよ」

鳴はあっけらかんと笑う。

それから三人でまた外へ出た。遣唐使の船が航行する海を撮るために崖沿いの丘に向かった。

「遣唐使の船は何度も遭難したんですよ。これには諸説あるけど、二百六十年間に二十回計画された内、十六回唐に渡ったんです。これで確率が高いように見えるけど、一度に四隻の船団を組んで出発するけども、ぶじに四隻揃って帰国することはめったになかったようです」

撮影場所を選びながら鳴が話す。

「行きはここで水・食料を積み込んで出発するんだけど、帰りは漂着して、またここで助けられるなんてことが何回もあったようです」

「命がけじゃが、そのぶん土産があったんじゃろう」

唐はその頃、世界の都だった。経典に薬、茶など文化輸入のために命に換えて海を渡った。

「この辺りから、沖を行く遣唐使船がよく見えたろうな」

老人が足を止めて、松の木越しに光にけぶる海原を指さした。百六十人乗り三百トンの朱塗りの船が、東シナ海の荒い波頭を越えて行く。

「当時としてはかなりの大型船で、三人に一坪当ての広さですよね。平時四・五キロで漕ぐとして、四日はかかる。そこに海が荒れたりすると一週間や十日の上もかかったりして、その後はあの世行きになったりすることもあったでしょう」

「経典を取りに行くんじゃから、生き死にの境を超えた覚悟があろう」

鯨塚老人が他人ごとのように言う。

「ちょっと、お二人でそこに立ってください」

また鳴がカメラを構えて指示をする。

背後に海がぎらぎら光っている。逆光になるので鳴はカメラの位置を何度も変えてシャッターを押した。

涼しい風が吹いてくる。

ここでひと休みすることにして、三人はねじ曲がって地面を這う松の根方に腰を下ろした。ウミ子が水筒のお茶を紙コップに注いで配る。お茶を受け取りながら鳴青年が神妙な顔をして言った。

「じつを言うと、この島に観光客がパラパラでも来てくれるといいんです」

ウミ子と鯨塚老人は顔を見合わせた。

「でもそれじゃ、何のために桟橋を造り直したり、一日二回の定期船を通わせたりしたの？　大層な出費でしょう」

「そりゃ観光客が多ければ有り難いですよ。でも最初は多少でも人間の気配が起こってくれればいいかもと」

「……」

「もともと沖根島に寄港する船は、この辺りの島々の子どもたちの通学船をまわしてるんです」

「それじゃ、あらたに船の油代の心配しなくてもいいのね」

「ええ、役場としては、一日に何組か何かのグループが来るとか、親子連れとか、恋人同士とか、まあ、そのうちうまくいけば小中学校の遠足とか、この無人島の桟橋に連絡船が着いて、がやがやと人の乗り降りの動きがあればいい。最初から観光収入だけを、どっさりとアテにしてるわけじゃないんです」

人間の気配が欲しいのだ。

そうか、そういうことだったのか、とウミ子は得心する。

「村の外れとか、町の外れとか、よく言うでしょう。一つの国の中の外れは何でもないけど、国の外れの島々を抱えた役場は警戒がいるんです。規模はもの凄く小さくても、一国の政府と似たような問題を持ってるんです」

鯨塚老人がうなずいて、

「それはうちの倅も言うとったわい。わしらは若い者に頼むしかない。頑張ってくれ」

はあ、と離島問題の渦中にいる鴫の顔は冴えなくて、

「外れって、何ですかね?」

とお茶を飲みながら海を見た。

「中心からずっとそれてるってことですかね。境界線の端ですよね。でも海は東南アジアや南アジア、西アジアの中東までもつながっていますよ。サウジアラビアやエジプトへだって行けるんです」

そうだ、そんな具合に中国から入って来る密航者や、渡り鳥、海流に乗って泳ぐ魚の群れなどは、その境を飛び越えて移動をするのだ、とウミ子は思う。

外れにもいろいろある。ここは日本の国境線にかかる、国防上の外れというわけだ。陸上の防備は固いが、海にはバリケードはない。見えない国境線が波の上に揺れている。魚や鳥に聞いたら何と言うだろう。

そんなものどこにあるんだ?

密航者に聞いても答えるだろう。

知らなかった！ と。

鯨塚老人が思い出すようにしゃべり出した。

「わしは漁師じゃから海で生きてきたがのう、海が荒れると生き死にのことだけが頭にあった。国境も何もない。命さえあれば沖縄までも、その先はベトナムまで流されても仕方ない。生きるか死ぬかのギリギリの瀬戸際じゃな」

遣唐使船が遭難して、かろうじて中国の福州に漂着した空海も、その生死の境を彷徨《さまよ》ったわけだ。生死の境より厳しい一線は他にあるまい。

ふとウミ子は鯨塚老人の顔を見た。

「漁で遭難しかかったこと、ありますか？」

「ああ。何回もある」

「船が沈んだことはありますか」

「一度ある」

「そのとき、空に人が飛んだところを見ませんでしたか。鳥みたいに……」

老人は笑った。

「飛んだ者は見なかった。何人も死んだがな。しかしそんな嵐の中では、逃げ場はもう空しかない。それでわが身は空に飛んだと思うて、波に呑まれていった者はおったじゃろう」

「鯨塚さんは飛ぼうと思わなかったですか」

「思う暇《いとま》もなかった。沈む船に巻き込まれぬよう、ただ必死で水の中を泳いだ」

ウミ子は聞きながらいつの間にか、イオさんとソメ子さんの恍惚として拝む姿を眼に浮かべていた。それはいかにも物を思うことの強い性分の、老婆たちが信じ込みやすそうな寓話である気がしてくる。

「あんたも年寄りにそんな話を聞いたか」

「はい」

「まあ無理もない。いろんな話は昔からある。当時、男女《だんじょ》群島は世界一の赤珊瑚の漁場といわれていた。あれは明治じゃったか、百隻近い珊瑚獲りの船が冬の台湾坊主に遭うて沈んでしもうた」

「ああ、この海域で最大の遭難事故です」

と鳴も眉《まゆ》をひそめる。

「沢山亡くなったんですよね」

「千人の漁師が命を落としたというわい。間もなく岩場一帯に漁師の屍《しかばね》が六百体ほども揚がったらしいが」

「後はそのまま見つからなかったんですね」

「うむ、とうとう揚がってこんじゃった。しかしその後にどうしたわけか、季節外れのイソシギの大群が現れたという」

「イソシギは冬はいないんですか」

「あれは旅鳥でな、日本は長旅の中継地じゃ。その頃は気候の良いオーストラリア辺りで越冬しとるはずじゃ」

イソシギは澄んだ声でキューイ、キューイと鳴くのである。その声が男女群島の岩場に響いただろう。

「わしが子どもの頃、隣の家の漁師が遭難して死んだもんじゃ。そのとき、うちの婆さんが、あの親爺も気の毒に、苦労人のイソシギに生まれ変わってしもうた、と言うておった」

「へえ、イソシギが何で苦労人なんです?」

鳴は急に気になったらしい。

「イソシギは何千キロも長い渡りをする鳥じゃ。それで目的地に着いたときは、体中の脂肪を燃やし尽くして痩せ細っている。それでこの辺りの昔の者は、イソシギを苦労人ちゅうて呼んだとじゃ」

ウミ子と鳴は思わず笑った。

シギの種類によっては、あの小さな体で二万キロほども長旅するものもいるという。

「南太平洋の波の上ば一気に一週間で飛び越える」

すると鳴が急に考え込む顔で言った。

「鳥は大した国境破りですねえ。凄い密航者だ」

しかも平和な密航者だと、ウミ子は思う。

管理小屋に戻ると、やはり電話が入った形跡はない。時計はもう午後一時を過ぎていた。波多江島から持って来た昼の弁当を、鳴が畳の上にじかに並べる。御飯を食べるテーブルも椅子もない。二十畳の畳敷きの部屋があるだけだ。

「たまに男が一人ふらっとやって来ると、自殺志願者かと用心するんじゃと」

蛸飯《たこめし》弁当の蓋を開けながら老人が言う。煮染《にし》めた蛸の醤油の味加減がなかなか美味い。鳴の妻がパートに通っているスーパーの人気弁当であるらしい。

鯨塚老人が冷蔵庫から缶ビールを出したが、船を操舵する鳴が断ったのでウミ子も一緒に遠慮した。老人はコクコクと皺まみれの喉を鳴らして飲む。

「地図の中心とか、外れなどというもんは場所を変えると、磁石の針のように動くぞ」

と口の泡を拭きながら言った。

「こうしてわしらが飯を食うとる、今ここがわしらの真ん中じゃ。中心じゃな。するとこの国の都はずっと東じゃ。このまなこの……」

と自分の眼を指で差し示し、

「端っこの隅の方じゃ」

老人は刻んだ蛸をくちゃくちゃ噛んで、

「北のさい果ての樺太《からふと》なんぞも、そこに行ったらそこが中心じゃ。わしらの島などは樺太からすると南の外れの外れじゃな。土地というても不動ではねえぞ」

「なるほど」

と鳴が言った。

「欧米では日本を極東の小国っていうけど、日本地図では西も東もない。ど真ん中ですもんね」

「そうじゃろ。ざまみれ」

と老人。

弁当を食べ終わると、老人はふいと立ち上がって事務所に行く。何やらカセットの小さい箱を摑んで来た。

「船の最終便が出るとき、銅鑼の代わりに『蛍の光』の歌ば桟橋に流しとる」

「デパートの閉店時間みたいですね」

とウミ子は笑ったが、老人は本土のデパートを知らないので取り合わない。

「これは昔に歌われた『蛍の光』じゃ。島の分教場の倉庫から出て来たもんで、歌の文句が今とはだいぶ違うとる。ちょっと聴かせてやろうか」

老人はラジカセをごそごそと操作して、やがて胡座《あぐら》をかいて座った。昼食後になぜか『蛍の光』を聴くことになった。腹が一杯になった鳴青年は弁当を片付けると畳へ横になった。ウミ子は壁にもたれて足を崩した。

四拍子らしいピアノ伴奏が始まった。何だかひどく単調である。別れの哀調も感傷もない。それからすぐ女声コーラスが始まった。歌詞はウミ子が小中学校の卒業式で繰り返し練習させられた、あの『蛍の光』と変わりない。

蛍の光　窓の雪

書《ふみ》よむ月日　かさねつつ
いつしか年も　すぎのとを
あけてぞ今朝は　別れゆく

鴫はそろそろと起き直り、ウミ子も崩していた足を揃えた。いちおう厳粛なセレモニーの歌ではある。だが歌詞の二番と三番は何を言っているのか、ウミ子たちにはさっぱり意味がわからない。

とまるも行くも　限りとて
かたみにおもふ　ちよろづの
心のはしを　ひとことに
さきく《幸》とばかり　うたふなり
筑紫のきはみ《極》　みちのおく《陸奥》
海山とほく　へだつとも
そのまごころは　へだてなく

ひとつにつくせ　くにのため

「どうも軍歌みたいですね」

鳴が首をひねった。

「おう、これでも昔は小学唱歌でな、子どもが卒業式に、声をそろえて歌うたんじゃ。何か知らん、まじないのように聞こえたろうな」

だが歌詞の難しいわりに曲は単調すぎて、淡々とした歌声は眠気を誘ってくるようだ。

「さて、四番の歌の意味がわかるかのう」

鯨塚老人が言った。

台湾のはても　樺太も
八洲《やしま》のうちの　守りなり
いたらん国に　いさを《勲》しく
つとめよ　わがせ《兄》　つつがなく

『蛍の光』はそこまでで終わって、老人はカセットを止めた。

鳴とウミ子はぼんやりと老人を見た。

「台湾とか樺太がどうしたんですか」

鳴が尋ねた。

「そのどっちもかつて日本の領土じゃったからな。それでしっかり国を守れと言うとるんじゃ」

鯨塚老人が座り直した。

「日本は日清戦争に勝って台湾ば譲り受け、日露戦争に勝って樺太ば手に入れた。国土の狭《せま》か日本は、大陸へ占領地を分捕るため戦争ばしに行ったもんじゃ。それで勝って領土ば次々に広げたが、その後は負けてみな失うてしもうた。時代が変わると国の守りも違うてくる」

「今の日本は、台湾も樺太も満州も朝鮮もありませんよね」

と鳴が手を広げる。もとの無一物ということ。

うむ、と老人はうなずいてラジカセを顎で示した。

「これは、あったときの歌じゃ」

「今は、なくなった後の歌ですね」

「じゃからデパートの閉店の音楽になっとる」

なるほど。鴫はクスッと笑った。

「確かなものはわが身のある所じゃ。片隅でも、外れでもよか。そこが中心じゃ。わしはそれでよか」

鯨塚老人は自分でうなずいて大いに自得する。

「外れイコール中心、っていうことですね」

「いかにも」

「でも」

と鴫は頭を掻いた。

「あのう、まさか、このテープを船の最終便に流しているんじゃないでしょうね」

「ははは。何なら夕方、あんたらが帰るとき、この歌ば掛けてやろうか」

「いや結構です。有り難い歌だけど、もう充分に拝聴しました」

ウミ子はそろそろ腕時計を見る。

「最終便は何時だったかしら」

午後四時と老人が答えた。

「またえらく早い店仕舞《みせじま》いですね」

「通学船はここを出てから、あと三つの島をまわって学校の子どもだちを乗せる。通学船は忙しいんじゃ」

お茶を飲むと、鳴とウミ子は老人を残して立ち上がった。野生の山羊を撮りに行くのだ。イノシシがいるので林の中には入るなとテレビを点けながら老人が注意した。

午後四時近く。

二人が管理小屋に戻ると、管理人の鯨塚タツルが年寄りの学者を連れて海から帰って来た。社の中には古文書《こもんじょ》が保存されており写真に撮って来たという。

四時前に船が桟橋に着いて、学者と鯨塚老人と管理人の息子が乗船した。管理小屋は鍵が掛けられた。

夕方から翌朝まで本当の無人の島になる。

船が出るとき、桟橋の道具小屋の軒に付いたスピーカーから、『蛍の光』の歌が流れ出した。こちらは哀調のあるゆっくりした歌声である。『蛍の光』は歌詞の二番まで歌い終えると、これで役目は済んだというようにふっつり切れた。

海は眼を疑うほど透き通って、船は宙に浮かびながら去って行った。

鯨塚老人を見送った後、鳴の船も出港した。

帰りは海がもっこりと膨らんでいる。海は満潮で、エンジン音は快調だ。鳴がハンドルを握って大きな声で言う。

「ああ、釣り竿、載せとくんだった！」

仕事帰りに魚をぶら下げて帰ったら妻が喜ぶだろう。今なら岩礁の釣り場に行けば、アラカブやアカハタがどんどん揚がるだろう。

「苦労人のイソシギさん！」

ウミ子はさっきの鯨塚老人の鳥の話を思い出した。

「ああ、そのイソシギの話は初耳でしたねえ。うちのばあちゃんもそんなことは言わなかったし……。島によって語り伝えが違うんですかね」

そういえば昭洋丸で遭難死した宝来勝治さんは、イソシギに生まれ変わったのだったか。金谷ソメ子さんが言っていたのをウミ子は思い出した。

「ご主人の守さんが酔っ払って寝てるときにね、弟の宝来勝治さんが守さんの口を借りて知らせに来たんですって」

「へっ！　イソシギになるって？」

「ええ、自分はもう家には帰れないからって。今は岩場の虫を食うて生きている。

心配するなって」

「虫を食べて、それから、二万キロの長旅に出るとは言わなかったですか」

と鳴が笑った。

「ふふ。それがね、勝治さんはまたある日、ソメ子さんの朝方の夢枕に立ったのよ。家移りするからって」

「家移り」

「ええ、今度はカツオドリの体に引越しするんですって」

「やっぱりイソシギは大変だったのかな」

鳴が切なそうに微笑する。

「カツオドリは小笠原《おがさわら》諸島とか尖閣《せんかく》諸島など亜熱帯に定住するんで、渡りの苦労はないでしょうから」

「よく知ってるのね」

「水産大では魚と一緒に海鳥のことも調べます」

鳴は大学の練習船で航海実習に出たとき、東シナ海の洋上で祖母の死を知らされたと言う。

「布団の上で穏やかな最期だったたって」

鳴翔太の祖母はどんな人だったろう、とウミ子は思った。住む島は違っても海女をしていたのなら、娘の頃に海の祭りで会っていたかもしれない。鳴の祖母も鳥になると言っていたというから、海で仕事をしていたのだろう。

魚と海と鳥はつながっているのだから。

空はプカプカと海が吐き出した雲で一杯である。

「あれはクジラ雲だ」

船の行く手に白く輝く紡錘形《つむがた》の雲が浮かんでいた。

「鯨は大きすぎて鳥になれないから、死んだら雲になるんだと、子どもの頃にばあちゃんがよく言ってました」

鳴は年寄りっ子だったのだろう。

「島の子どもは大抵がそうでしたね。親爺が漁師でおふくろが海女で、二人とも海に行った後は、昔は海女だったばあちゃんが子どもの面倒みてましたからね。あの雲はクジラじゃって言われると、そうか、と納得し、ばあちゃんは鳥になるって聞くと、そうか、と感心したもんです」

鳴はいつもよりよくしゃべった。

船着き場の近くに来ると海風がまともに吹き付けた。見えない風の塊が押し倒さんばかりに襲いかかる。イオさんもソメ子さんも口を引き結び、腰をかがめ体を低くして歩いた。南に向いた養生島の港は台風の通り道になる。北は山と絶壁だったので、直撃を受ける最悪の場所に船着き場を設けるしかなかったのだ。

「来るとしたら四、五日先じゃろうか」

ソメ子さんが大きな声で言う。

「足が速うなれば三日もすれば来るじゃろう」

とイオさんが振り返る。赤道近くで生まれた台風は東シナ海を北上中で、まだ沖縄にも達していない。それでさえ海が荒れる日はこのくらいの強風が吹くのである。

週一回の定期船は、明後日この波浪の中を来れるだろうか。台所用のプロパンガスと味噌、醤油を頼んでいる。このぶんではもし雨が降ればウミ子はプロパンガスのボンべや醬油の一升瓶を手押し車に積んで、濡れて坂道を引っ張り上げることになる。

坂の上の家々は北に山を背負っているので風の猛威からは少なからず守られるが、梅雨どきの雨台風のときは山の地滑りや崖の崩落の不安を抱えている。それで台風直撃の予報が強まると、波多江島の役場は年寄りの多い小島に避難のための船を出す。町の収容施設に保護するためだ。

ただし風の進路を測りかねている間に海が荒れてくると、避難の船は出せなくなる。そんなわけだからイオさんとソメ子さんは、台風シーズンに今まで何度も島に取り残されて孤軍奮闘してきたものだ。けれど役場から助けの船が出ないときも、

「おれだちを見捨てるか！」

などとは口に出さなかった。台風の去った朝、黙々とびしょ濡れの戸・障子を外へ運んで陽に干したものだ。というのも波多江島役場はもう二人の耳にタコができるほど、本島の老人施設に入所して世話を受けるよう説得していたからである。

ウミ子はイオさんが最終的に身を落ち着ける場所は、老人施設でも大分のウミ子の家でもどちらでもいいと思っている。要はイオさんが身も心も安らかに暮らせる所ならいいのだ。ただそうなると、ウミ子の家の方が母娘二人で気がねなく過ごせ

る。自分の親をわざわざよそへ預けなくともいい境遇なのである。

ウミ子が営なんでいるヤマメ料理の板前は、亡くなった夫の代から勤めている権《ごん》堂《どう》という男だった。この板前と亡夫の姪が結婚してウミ子と三人で店をやっている。気持を許した夫婦だから留守を頼んで来たけれど、出がけに権堂が言ったものだ。

「お年寄りの心ば一度で崩せんときは、まだ二度、三度がありますけん。また出直したらよかです」

「でも島の暮らしは、そうもいかないのよ」

夏場はいつ台風が来るか知れない。冬場は海が荒れて船の欠航はつきものだ。そんな間に年寄りはあっという間に逝ってしまいそうだ。年取った親を遠方に置いておくと、雨が降っても、風が吹いても、何につけても死にそうな気がする。

「まあ年寄りを追い詰めんで、頃合いを見て戻って来らっしゃれ」

雨にずぶ濡れの猫を抱いて家に帰ろうとする。猫が逃げるので追いかけて力尽くで抱き止める。これが追い詰めることになるのだろうか。ウミ子は突風の中で考える。

最近は台風の進路がだいぶ島から逸《そ》れるようになった。ニュースでは温暖化のせいではないかとも言われている。天気図が微妙複雑になってきているのは確かだった。台風は赤道付近の洋上の熱い上昇気流の渦から生まれる、エンジンのない巨大な船だ。自力で進むことができないので、ただ空を吹く風に押し流されて行くだけだ。

途中に強い高気圧の張り出しがあると行く手を阻まれ、その縁へよけてカーブを描きながら進む。そのカーブの角度によっては九州へ上陸せずに、四国から紀伊半島、関東へ抜けることが多くなった。イオさんたちは胸を撫《な》で下ろす。けれど進路がいつもいつも外れることはないので、島の運命はまさにその年その時期の天気図にかかっているわけだ。

今朝の船着き場にはミサゴの幟は揚がっていない。

昨日ウミ子が魚釣りに降りて来たときも幟は見なかった。その前の日もたぶん出ていなかった気がする。ソメ子さんはこの頃、坂道を登ってイオさんの家にお茶を飲みに来る回数が減った。イオさんよりまだ幾つも若く足腰もしっかりしているはずなのに、足の運びがのろくなっている。

「ソメ子さん。そっち道幅がないから、吹き飛ばされる。右によけてください」

ウミ子が後ろから声を掛けてやる。ソメ子さんは、あい、あい、とうなずいて右へ寄った。

この頃、ソメ子さんの眼は変である。もともとグレーがかった年寄りの黒目が薄青く光っている。こんな目玉、どこかで見た、とウミ子は思う。黒目の色素が抜けたような不思議な眼。大分の山の町には猟犬がいた。年取って仕事も終えた猟犬の中にこんな色の眼をした犬がたまにいた。犬種はたいていセッターで、昔は空飛ぶ鳥を追ったその眼は、ウミ子とすれ違っても何も映らないようだった。

人間のソメ子さんの眼は、海の色が染み込んだような微妙な微妙な青だ。イオさんによれば、昔の海女の潜水眼鏡は今ほど水圧の調整ができなくて、緑内障《りょくないしょう》で失明する者が少なくなかったらしい。長い年月をかけてこの病いが進んだ眼は治療が難しいようだ。

いったいソメ子さんの眼はどのくらい見えているのか、本人に打ち明けてもらわねばわからない。どのくらい見えて、どのくらい見えないのか、ソメ子さんに聞いても、たぶん見えないものも見えると言い通すだろう。独り暮らしで眼が不自由になれば、やがて老人施設送りになるからだ。

桟橋の前の剝げかけたアスファルトの道を、てくてくと西へ歩いた。あちこちに見捨てられた空き家が建っている。どの家も島の強風に備えて建てた平屋で、二階家は一つもない。住民が島の外へ出て行ってから十年、二十年、もっと昔の家もあるが、本当の廃屋らしいものは見えず、家々の窓ガラスや戸もまだ破れてはいない。どの家もひっそりと誰かが住んでいるような、人の気配がなぜか残っている。

「この辺りがよかろう」

イオさんがつぶやきながら一軒の玄関に近付いて行った。

この付近は家並みに海が隠れ、風がだいぶ弱まっている。ウミ子は屋根を見上げた。雨漏りのなさそうなしっかりした家がいい。イオさんが手を伸ばして玄関の戸を開けた。鍵は掛かってなくてガタガタと音を立てて戸は開いた。持ち主が捨てて行った証拠である。

「よし、ここは船着き場に近うて、風当たりも少ない。裏には風呂場もあるようで申し分ないのう」

広すぎる家は老人所帯には手に余る。

二人の年寄りが仏壇の置ける自分の部屋を一つずつと、茶の間と台所に風呂。それだけあれば充分だ。表札は移住するときに剝がして持って行ったらしいが、この家の主人は八朔吉郎《はっさくよしろう》という漁師だった。八朔家の二代前は波多江港で知られた鯨捕りの銛師《もりし》だった。鯨に最初の銛を射込む者だ。鯨漁が消えて先代からは普通の漁師になった。この家は先代のときに建てたのでこぢんまりとしている。

「わしらの表札ば掛けるとするか」

ソメ子さんが懐から財布を取り出す手付きで、陽晒し雨晒しの『金谷』の表札を出してウミ子に渡した。これにイオさんが持って来た『鰺坂』と併せて玄関に下げることにする。廃屋に住むのに断りはいるまい。これが本土の町なら捨てて行く家はそのままにしてはおけないが、やがて無人島になる島なら捨て置いて行く。やがて海風に朽ち果てるだろう。住人のいない小島は万事簡単でいい。

ウミ子は軒下の床几《しょうぎ》を踏み台にして、二枚の表札を玄関金具に取り付けた。誰も訪ねて来ることのない島で表札などとくに要るものでもあるまいが、イオさんたちには生の証みたいな大事なものらしい。

「お邪魔ばします」

イオさんが玄関先で挨拶して主《あるじ》なき家の中に入る。

その後からソメ子さん、ウミ子と続いた。板敷きの部屋の奥に畳の座敷がある。部屋はカビ臭かったが、床板は落ちかかっていないようだ。ウミ子は部屋の窓を次々と開け放った。奥へ行くと台所には簡易水道が通っていて、さすがに海岸通りの家は設備が整っている。

これなら波多江島から電気工事屋を呼んで、電気を通せば何とか水道が使えて風呂にも入れそうである。ただし今度来そうな台風の避難場所には間に合わない。

「ここだって、風、結構来るわね」

台風でもないのに、屋根の上を走る突風の圧がミシミシと天井に迫る。

「だが上の家よりはましじゃろう」

イオさんは動じない。

「わしの家ではゴウーッと風がひと揺すりすると、座っとる畳がプワーッと浮き上がる。床ン下から家ば持ち上げるからな。ひどいもんじゃ」

ソメ子さんも手真似を入れてしゃべる。家の中の窓という窓は台風除けに板切れを打ち付けてあって暗かった。腰を下ろす所もなく、三人は部屋の真ん中に突っ立っていた。

イオさんが改まった顔付きで口を開いた。

「ここで暮らしば始めると、船着き場も近いから物を運ぶのもらくじゃ。体の具合が悪いときも坂道を難儀して降りんでもよか。海上タクシーば呼んで、すぐそこの船着き場で待っとけば病院まで小一時間じゃ」

「そうね、ずいぶん助かるわね」

　ウミ子がうなずいて返すと、

「よし、そんならおまえは明後日の船で帰るがよか」

「明後日の？」

　いきなりだった。

「台風が来るかもしれないのに」

「船が動いとるならばじゃ。明日にも帰る支度ばして、船が動いとれば翌る朝一番の便に乗って帰れ。風で船が動かねえときは、台風が去《い》んだ後に、すぐ海上タクシーで波多江島ば行って、フェリーに乗り換えて帰るがいい」

　イオさんは表情を変えずに淡々と言う。

「人間は人に寄りついて暮らすものではねえて。長年ずっと土地に寄りついて生きてきたもんじゃ。地震、津波、火山が火を噴く。そんなことが起こってもその土地をなかなか動かんのはそのせいじゃ」

「……自分の娘より、この島の方がいいのね」

「海の人間が、どうして山さ行けるか」

「……」

「山の人間も、どうして海さ行けるか。海と山は大きに違う」

しとしと五月雨が降るように、イオさんは抑揚のない声でしゃべる。

「わしはこの齢になって見知らぬ土地さ行って最期の息ば引き取りたくはないぞ。長年の友達のソメさんともよう別れん。鰺坂家の墓を島に置いて出て行く気にもならん」

その墓にはイオさんの夫の功郎さんの骨は入っていない。功郎さんは海で遭難して遺体は揚がらなかったのだ。そんな墓をイオさんは本心で守るつもりか。

「そんなことでウミ子よ。おまえはわしのことは諦めて、自分の家に帰るがいい」

「そうじゃ、そうじゃ。あたしらは放って帰れ」

ソメ子さんまでいつの間にか同調して追い立てにかかわる。アワビのシマを教えてやるからここに残れ、と言ったのはソメ子さんだったのに。

「わかったわ」

とウミ子は答えた。

「でもたぶん明後日は船、出ないわよ」

返事の代わりにウミ子はそう言うと外へ出た。

島の中はほとんどが砂利道だが、船着き場のある海岸通りだけは珍しい舗装路が続いている。空き家の続く道を西へ進むと、アスファルト道路にはタバコの吸い殻や空き缶の一つも、ゴミらしいものはどこにも落ちていない。道端を見てもとくに雑草がはびこっているわけでもない。どことなく侘《わび》しく寂れているだけで、坂の上の家ばかりが猛々しい草の波に呑まれている。対照的な風景だ。

「この道どこへ続いているのかしら」

「はて、海に出るんじゃろうかな」

イオさんが首をかしげる。島の人々が去って以来、年寄りの行動半径は家と畑と船着き場のほかは、たまに海藻を採りに東の浜へ行くくらいだという。久しくこの通りも歩いたことがないらしい。

「それにしても掃いたように綺麗な道ね」

「道を汚す者がおらねえもんな。人間がおる所には常にゴミがある。ゴミを吐き出しながら、わしらは汚なく暮らしとる」

てくてく行くと道の正面は藪で遮られた。その向こうに海が光っていて、下は断崖のようだ。左手は樹海のように繁った山の急斜面で、右手は林が広がっていた。その中に小道が一本奥へ伸びている。両側の木を伐って林のトンネルができている。中が明るいのは林の背丈が低くて眩《まばゆ》い木漏れ日が射しているからだ。

ウミ子はその荘厳な美しさに溜息が出た。

「どこに通じているのか、行ってみましょうよ」

「いずれどこかの海に出るんじゃろな」

年寄りたちは言い合った。木漏れ日を潜って進んで行くと、林のトンネルはうねうねと折れ曲がり、右へ左へと林の精霊に導かれていくようで果てしがない。ときどき頭上から木の枝が垂れ下がり、手でよけながら歩いた。

「海よ。ここ、断崖の上の林なんだわ」

右手に木々の間からエメラルド色の海が光る。しかしトンネルの行く手はまだ緑の穴が続いている。イオさんもソメ子さんもよく歩く。疲れを知らない。なるほど、施設に入れるには達者すぎる気がする。

「でも変だわ」

ウミ子は歩きながら言った。

「ほら見て、人のいない島なのに、足元の草が伸びてないわ。長い間、人の足が踏み固めて、草が生えなくなったのかしら。でも島の人が出て行ってから十年も二十年も経つのに、変じゃない？」

ときどき誰か定期的に人が入って、ここの下草を刈り込んでいるのではないか。

「わざわざそんなことをしに来る者がおるかのう」

イオさんも合点がいかない顔をした。

道はキリがなく奥へ奥へと続き、引き返したい気持が湧いてくるのを堪《こら》えて前へ進む。トンネルは細《ほ》っそりしたまだ若い幹のカシの林だった。カシにコナラも混じって林の中はどこまでも明るく、不思議な形をした蔓が首縊《くく》りの紐のようにぶら下がっている。ソメ子さんがふとつぶやいた。

「なんや、あの世へ行く道のようじゃのう」

「ははは。こんなに明るい冥土の道はなかろう」

イオさんは笑ったが、しだいにウミ子もこの薄明るさが気になってくる。人はみんないずれ死ぬものだが、あの世が真っ暗闇ではやりきれない。このくらいの明るい世界なら死んでも少しは希望がある。ウミ子は歩きながら首を上げた。

希望？

死んだ後の希望なんて、そんなものがあるだろうか。

ふいに緑のトンネルが切れて視界が開けた。

頭の上に空があった。

目の前には鬱蒼とした藪に囲まれて、寂れた墓地が広がっていた。百坪ほどの広さだろうか、一つ、二つ、三つと眼で追うと三十基ほどの墓石が並んでいる。すぐ手前の石塔の側面を見れば昭和十八年四月某日などと刻字が読めた。歩きながら見て行くと、墓前の敷地も充分に取った家族墓である。

「おう、思い出した。ここはどうやら昔にあった、浜ノ町の共同墓地に違いねえ」

島には昔、火葬場が一つと共同墓地が三カ所にあったという。ウミ子は鯵坂家や金谷家の墓がある、坂の中腹の『上ノ組墓地』しか知らなかった。そこの墓は島を去るとき骨揚げをして持って出た家が大半で、あとは詣る者もなく放られた墓ばかりだが、昼も暗いクスやタブの林が取り巻いて台風の猛威から守られている。

静かだ。鳥の声が頭の上をよぎって行く。さっきまであれほど吹いていた風もふっつりとやんでいた。風に抗して身構えていた体が解けてふわりと緩んでいる。

風が絶えると、墓地にはただ日の光だけが降っていた。雲間から射す光が苔生《む》した墓石に当たっている。見渡すと花活《い》けにはどの墓も色鮮やかな花々が競うように差してあった。海岸通りの浜ノ町は、鯨捕りの漁師たちが住んでいた町だ。手向けられているのは枯れて腐るのを嫌ってか、どれも揃ってひと目でわかる造花で、それもまだ真新しい。

「おう、そうか。島から出て行った衆が、先祖詣りに帰って来たんじゃのう」

　イオさんが一人でうなずいた。

　ウミ子はひとけのないこの墓地に香華《こうげ》を持って人々が集まる情景をぼんやり想像した。島に人々が戻って来たことを、イオさんが気付かなかったように、戻って来た人々もここに年寄りが居残っているとは思わなかったのではないか。

　墓詣りの人々は自分たちのために、船着き場から共同墓地まで、道々の木っ端《こっぱ》や小石を掃いて路端の雑草も抜き、美しいカシの木のトンネルの下草を刈った。それに違いない。それで納得がいく。

「そういえばわしも昔、ここへ来たことがあるような気がするぞ。若い頃にのう。しかし林のトンネルは覚えがない」

　ソメ子さんが不思議がる。

「昔は別の道が通っていたかもしれん。そこが藪になったので、墓詣りの衆がこの林に小道をつけたんじゃなかろうか」

　とイオさん。この二人の年寄りのほうが、よほどよそからやって来た人間のようにきょとんとしている。

　年寄りたちは頭にかぶっていた手拭いを取ると、傍らの小岩の上に敷いて腰を下ろした。並んで座ったので小鳥みたいだ。ウミ子はそのまま向かいの小岩に腰掛けた。ポケットを探るとのど飴が五、六個出て来たので三人で分けた。

「ねえ。ここはどうして風がないのかしら」

海の方へ出て来たはずなのに行く手は藪に囲まれている。パタリと風が止まって辺りは不気味なくらいだ。

「昔から墓所《はかしょ》は家よりも大事なところじゃ。いちばん方角が良うて、雨風雪《あめかぜゆき》の少ない、住みやすい場所を選んで、仏サンの住み処ばつくるもんじゃ」

とイオさんが言った。生きている人間よりも住み心地の良い所に、亡き人たちの安住の地を決める。先祖もここなら文句なかろう。腰を下ろした岩は陽が泌《し》みて温くて気持がいい。三人でしばらく黙ってのど飴をしゃぶる。ソメ子さんがふと気持良さそうに、飴を片側の頰に寄せてモグモグとしゃべる。

「何や、生きとるのか死んどるのか、ようわからんような気持になってきた。ここはどこじゃろか」

「ははは、ここはこの世じゃ」

イオさんが笑いながら応じたとき、ふいにソメ子さんはおかしな声を出し始めた。鶏が喉を突っ張らせたような男みたいな声で、妙なことを言う。

「おう、おめえさァ、金谷のソメ子でねえか。おう、久しぶりに会うて嬉しかぞ」

隣に座っているイオさんがギョッと飛び上がりそうになった。ソメ子さんの顔を覗くと薄青い眼があらぬ方向を見ている。

「ソメ子よう。ここは極楽じゃァー。よか所じゃァー。腹もすかねえし、仕事もせんでよか。たまには息子夫婦が孫だちも連れて来る。若い頃に好きじゃったソメ子まで、こうしておれに会いに来てくれた。おめえもいっぺん死んでみろ。そしたらおれの幸せな気持がようわかるぞ」

イオさんはウミ子の横へそろそろと逃げた。

「ソメ子さん、やめて」

ウミ子がさえぎると、ソメ子さんは今度は自分の声に戻り、

「そうかい、そんなに気持がよいもんか。そんならあたしもいっぺん、そっちば訪《おとの》うてみようかのう」

と眼を宙に浮かしたまま、半分腰を浮かしかけた。

「だめよ。だめ、だめ。ソメ子さんだめよ！」

ウミ子が思わず立ち上がると、うははとソメ子さんが堪《たま》らず腹を抱えて笑い出した。

「ゲンの悪いことばするおなごじゃ」

眉をひそめてイオさんが言った。

明くる朝、空は曇って、吹き殴るような風が出た。

電波が乱れてテレビの映像が崩れてしまう。ウミ子は波多江島の防災センターから、切れ切れの携帯電話の電波をキャッチした。台風は東シナ海を北上中で、沖縄・石垣島から東寄りに九州北部へ接近する見込みという。台風がいつも来る進路である。

まだ中心は離れているが、海の波風共に荒く避難船の出港は見込みが立たない。各島各戸の自主警戒を促す旨のテープが、いつ果てるともなく繰り返された。イオさんは家の裏の崖を見に行って、ぐっしょり絞るように濡れて戻って来た。雨がひどくて何もわからないと言う。

昼過ぎに役場の鳴青年からウミ子に携帯が掛かった。

「よく聞こえないわ」

ウミ子は大きな声で応答した。

「部屋を変えてみてください」

と鳴の声が指示する。

「電波の入る所に移動してみて」

ウミ子は携帯を耳に当てたまま、家の中を歩き回って台所へ行った。鳴の声が少し聴き取りやすくなった。

「雨がひどくなります。ウミ子さん、崖から離れた部屋に移ってください」

「坂の下には金谷ソメ子さんの家があるの」

とウミ子は言った。

「雨がこれ以上激しくならないうちに、わたし、母を連れてソメ子さんの家へ行くわ。ソメ子さんはね、眼が悪いの。たぶんよく見えないはずよ」

金谷家の方が坂の下のぶんだけ風当たりは少ない。それに、イオさんもソメ子さんのそばにいてやりたがっている。

「お宅の裏の崖、変わりないですか。どこか崩れかけているとか、木が傾いてるとか……」

と鳴が聞く。ウミ子の声が聞き取れていないらしい。

「わたしたち……、もうソメ子さんの所に行くわ」

ウミ子は鳴との通話を諦めて携帯を切ると、裏の物置から釣り用のゴムの雨合羽《あまがっぱ》を出して来た。父の功郎さんの合羽をウミ子が取り、イオさんにはウミ子の女性用を着せる。ビニールの軽いレインコートはくしゃくしゃになって役に立たない。炊飯ジャーのご飯を大きなタッパに詰め、梅干しに冷蔵庫のハムなどを適当にリュックへ入れて背負った。

戸締まりをして家を出ると、風は背後から押して来たが坂の辺りでは四方から巻き上げた。坂は雨水が川のように流れる。傘は初めから持たなかった。

見おろしても雨の煙幕《えんまく》で海はかき消えている。晴れた日の島は視界が広すぎてウミ子は苦しくなるときがある。遮蔽物のない砂漠の広さも、それと似ているかもしれないと思う。だが天気の荒れた日は、一転して雨と波と霧で視界は完全に閉ざされる。それも何か苦しい。広さも、狭さも、一定を超えるとそうなる。ウミ子は生まれつき島が合わない性分かもしれない。

若いとき島を出てから、ウミ子はよけいにそう感じるようになった。だがイオさんは違う。ソメ子さんも違うのだろう。海女はウミ子のようでは仕事ができない。海は茫漠と広くて、反対に波の下は恐ろしい水圧で閉じられている。イオさんの住み処はその海だ。

ウミ子はイオさんの肩を抱き締めて道を下る。足を滑らせて転んだらウミ子が下になってやろう。イオさんの体を抱いて仰のけに倒れてやろう。こんな軽い年寄りの体はどうにでもなるのである。雨飛沫《しぶき》は泥と混じって茶色に濁っていた。どこを向いても茶色の水飛沫の世界だ。

親子で閉じ込められている。でも大丈夫だとウミ子は思う。

金谷家に着いた。玄関の戸をドンドン叩くと、やがてソメ子さんが顔を出した。合羽を脱いで頭の髪を拭くと人心地がついた。ソメ子さんはまだ朝ご飯を食べていなかった。リュックからご飯を出すと、お湯を沸かしてインスタントの味噌汁を作ってやる。このぶんでは台風が来なくても、ろくな食事は摂《と》っていないだろう。

ソメ子さんの家のテレビを入れると石垣島の台風状況が映っていた。進路の予報円はまだ広く開いて九州北西部から四国、紀伊半島まで占めている。明後日の進路は日本海から太平洋沿岸まですっぽり収まった。ソメ子さんはご飯をもそもそと食べながら、テレビの方は見なくて耳だけじっと傾けていた。ご飯がすむとお盆を持ってそろそろと立ち上がった。台所へ食器を運んで行く足元がふらふらしている。

ウミ子はソメ子さんの後を追って台所へ行くと、食器を洗い、この家の炊飯器の蓋を開けて見た。わずかの冷やご飯が底の方にこびりついて、数日前のものとわかる。ガタガタと窓の鳴り続ける台所で、ウミ子はリュックから出した米を研《と》いだ。

部屋に戻るとテレビの台風情報が終わっていた。年寄りはテレビを切って畳に横になっている。腕枕をして眠っているようだったイオさんが、ウミ子の気配にゆっくり眼を開けた。ウミ子は座ってイオさんの顔を見おろした。

「明日の定期船は来ないようだけど……」

と口を開いた。

「でも、とにかく台風が過ぎたら、わたし大分の家に帰ってから、またすぐ出直して来ます」

「出直す？」

寝たままですぐイオさんが聞き返した。

「ええ、わたし、店のことは姪夫婦に頼んで、当分こっちに来て暮らそうと思うの。もう長く働いてくれている夫婦だから、安心して委《まか》せられるし、わたしの気持もわかってくれているのよ」

小さな山間の小料理屋で、いずれ先にこの夫婦が店を継ぐ気持があるなら譲るつもりでいた。関東にいるウミ子の子どもたちが田舎に戻って来るはずはない。二人との話がつけば、当分の身のまわりの物をまとめて宅配便に出したら、すぐ大分を発つ。ぐずぐずしているとまた次の台風が来るかもしれない。

イオさんは黙ったままだった。戸外の風の音を追うように細い眼を天井に向けている。ウミ子が戻って来ると言うので、多少は安堵の色を浮かべるかと思ったが、年寄りの表情は思いのほか固くこわばっていた。

ソメ子さんが一人、双方の気持を量《はか》るように耳を立てている。

夕方、とうとう部屋の電灯が切れた。

真っ暗になった屋内は、雨戸を閉めているので外の様子は何も見えない。いつも台風のときはこうやって息をひそめて、家の中で荒れ狂う暴風の音を聞くしかない。

テレビはとっくに映らなくなったので、ソメ子さんが怒って切った。家を揺さぶる風の音はどんどん勢いを募らせてくる。ウミ子は日の明るいうちに晩ご飯を作ろうと、ソメ子さんに断って金谷家の台所へ入った。

小さなお握りを作り巻海苔に包んだ。これも持参のゴボウの漬け物とハムを切る。灯のない台所に一つだけ開いた小窓から、嵐の中でも薄い外光が射している。

窓の外は林も山も雨飛沫に掻き混ぜられて、まるで水中の景色を見るように泡立っている。裏庭の林の影が薙《な》ぎ倒されんばかりに北の方角へ傾いて、ひときわ高くドゥーッと風音が襲うと、ソメ子さんの家はメリメリッと裂くような悲鳴を上げた。

そのとき窓の外に大きな影が映るのをウミ子は見た。大きな幅広の平べったいものが空に舞い上がるところだった。崖下の空き家が屋根ごと引き剝がされて吹っ飛んだのである。ウミ子は窓へ駈け寄った。

空き家全体を覆っていた草の蔓がすっぽり抜けた。瓦の破片や草の切れ端が飛び散り、土煙が濛々《もうもう》と噴き上がった。巨きな人間の胸板のようなものが破れて、その引き裂かれた肋骨みたいな内側から臓物や血管が剝ぎ取られ、地面にぞろぞろと降り掛かってくる。

ウミ子は仏壇の蠟燭を茶の間に持って行って灯を点けた。晩ご飯の膳の支度をして出した。手探りよりは少しだけましな食事である。

「いただきます」

三人で手を合わせた。

「屋根ちゅうもんは有り難てえなあ」

ソメ子さんは握り飯にも、雨風をしのぐ屋根にも、伏し拝まなければおさまらない。有り難てえ、有り難てえ、と手を合わせて言う。

「おまけに他人様《よそ》の家の娘っ子に、飯の世話ばしてもらうなんてなあ」

「ははは、えろう齢のいった娘っ子じゃのう」

とイオさんがウミ子を見て笑った。

それから三人で黙々と食べ始めた。だがひときわ大きな風音が打ち付けると三人の箸が止まる。

外は突風の吹きすさぶ音に海も島もすべて閉じ込められている。刻々と吐き出し続ける海の熱帯気流と、そこで作られる積乱雲《せきらんうん》が渦巻いて、空と下界の境目はびっしり押し潰されて隙間がない。厚い積乱雲の底と海が重なり合って分け目がない。

ときどき稲妻が走った。豪雨と雷は梅雨台風の特徴だ。

ドッと一段高い雨音が屋根に雪崩れ落ちる。三人は箸を下ろして口をつぐんだ。そのとき三人の尻の辺りにずずーっと妙な違和感が起った。たちまち座っていた部屋の古畳が、フウッと溜息を吐いて四、五センチも浮き上がった。

おお、家が浮くぞ！

イオさんが眼を瞑《つむ》る。ソメ子さんは思わず天井を仰いで十字を切った。

はらいそー。はらいそー。

けれどソメ子さんの念ずる天国はあまりに遠すぎる。ここは台風の底の底である。土石流に呑まれるイオさんの家の崖が、ウミ子の眼に浮かぶ。いっそ家がすべて流されて三人が命だけでも生き残ったら、そのときは年寄り二人を連れて本土へ戻ることができる。ただし命があってのことだ。もうなるにまかせるしかない気がする。ずずーっとウミ子たちを乗せたまま畳が元のように下りた。

ガラガラガシャーン！

と裏の方から甲高い音が響いた。

「ありゃ。一輪車ばしまうの忘れておった」

とソメ子さんが大きな声を出した。その音の方向なら、裏の林の斜面を転げ落ちて行ったようだ。畑仕事に大事な金谷家の一輪車だ。その騒ぎをよそに箸を取り直したイオさんが言った。

「おうおう、この世の音がするわい」

翌る日の昼過ぎ。

台風は長崎西方沖から斜めに九州を抜けて、本州へ渡って行った。

ウミ子は翌々日の朝、雨水が引いた坂道のぬかるみをイオさんの手を引いて自分たちの家へ帰って行った。折れた木の臭い、泥を嚙んだ根の臭い、崩れた地中から出る異様な臭いが辺りに立ち込めている。山道は風に薙ぎ倒された木々の枝、木っ端、落ち葉がうずたかく積んで、それを搔《か》き分け踏み越えしながら登って行く。崖の下の斜面を見おろすと巨人がひと荒れでもしたように、倒木が雪崩を打って折り重なっていた。

麓の方は一帯を覆い隠していた藪があちこちで千切れ飛んで、雑木や蔓草の底から旧の住宅街の破れた屋根が露わに見える。その下の瓦やトタン屋根も吹き飛んで天井や柱が剝き出しになった建物もある。

島の中はそんな惨憺《さんたん》たる有様だけれど、台風が過ぎ去った後の島を包む海は何も変わったことはない。青い水の薄紙をどこまでも敷き延べたように静かに広がり、白波の立つ先の方だけがするすると渚で巻き返している。その変わり様に腹が立ち、しかし結局、変わらぬ海の営なみに波の打ち返しに眼が吸い寄せられるのだ。

道の途中で、イオさんは立ち止って海を見おろした。

「陸《おか》の者にはまだしがみつく地面があるが、海で時化に遭うた爺さんだちは酷かったじゃろうのう。辺りは一面、遮るもんもない荒れ狂う海原じゃ」

イオさんは夫の功郎さんの最期を思い出す。海の遭難は風の地獄、水の地獄なのである。木っ葉のように翻弄される漁船の甲板の上では、海も空もない。三百六十度、天地が逆様に引っ繰り返る世界だ。

海の魚が誤って空へ飛ぶ。空を飛ぶ鳥が海に突っ込んでしまっても不思議はない。

ウミ子は島の台風に一晩中揺らされた後の気持では功郎さんが空へ飛んでもいいような気がしてくる。飛んでそこに水があれば海で、なければ空である。たったそれだけのことではないだろうか。

坂道を登って家の屋根が見える所まで来た。

「おう、たいしたもんじゃ。わしの家がまだ立っとる」

イオさんが腰を伸ばして言う。

しかし表の道まで来てみると、建物は見事に雨戸が吹き飛んでいた。突風が家の中に吹き込んで暴れた痕が、暗いがらんどうになって残っている。襖障子など建具は外れて折り重なり、落ちた天井板が畳に散乱していた。イオさんは杖にすがって縁側に歩み寄ると、黙って観念したように腰掛けた。しばらく息をつきながら変わり果てた屋内を見つめている。

金谷ソメ子さんを気遣って下の家に降りたはずが、思わぬところで自分たちの身を守ることになった。しかしこの有様ではこれからどうするか。

ウミ子は鍵の締まった玄関をよけて、雨戸の飛んだ縁側から家に上がった。足元は吹き込んだ雨で畳の芯まで濡れている。今夜、布団を敷いて寝る場所もなさそうだ。イオさんは仕方なく縁側に上がって立っていた。とりあえずウミ子は濡れそぼった穴倉のような家の、まだ残っている雨戸を開けた。内部の戸障子は全部倒れていたので、朝の光と海風が通り抜けた。

「良かった、良かった！」

ウミ子は大きな声で言った。

「何が良かとや？」

イオさんが恨めしそうに言う。

「体だけは大丈夫だったじゃない」

それからイオさんの部屋に行き仏壇の戸を開けた。位牌が倒れていたが、扉は外れてはいない。

「良かった、良かった。仏壇も大丈夫よ！」

「これからどうする」

縁側でイオさんがまた一言。

「良かったから、ご飯を炊くわ。でも炊けるといいけど」

プロパンガスは床下に無事、据えられたままだった。ガス釜もそのままにある。台所は壁が開いている箇所は小窓一つだけで、おかげで米も洗うことができる。ウミ子は簡易水道の栓を開けて水を出すと、ザクザクと釜の米を研いだ。米を洗うと白米も流しに捨てる研ぎ汁も眼に沁みるような白さだ。ああ何てご飯は美しいのだとウミ子は思った。

「ご飯ば炊いてどうするとか」

「沢山炊いて、それからお握り作って、仏壇のお位牌さんも連れて、ソメ子さんの家にまた行くのよ。これじゃあ今夜ここには寝られないものね」

海岸通りに見つけた空き家は、海水をかぶっていないだろうか。あそこより風当たりの強いソメ子さんの家でさえ保ったのだから、波の被害でもなければ空き家はまず無事だろう。

年寄り二人があそこへ移り住むことになれば、まず電気と水とガスがいる。ウミ子の頭は目まぐるしく動いた。波多江本島のガス屋と畳屋に電話をしよう。水道は役場に言うとして、では電気はどこへ頼んだらいいのか。

まず役場に電話を掛けたが、家の固定電話ではつながらなかった。どこかで線が切れている。ウミ子は鳴青年に携帯電話を掛けてみた。

「あっ、大丈夫でしたか。そっち電話通じないんで」

鳴の驚く声がした。

ウミ子が事情を話すと、鳴は今からすぐ自分がそっちへ行くと言う。

「台風の後なんで、ぼくら広報課も市民課の手伝いしてるんですよ。養生島はお年寄り二人きりだから、すぐ行くことになってました」

やがて廃屋のような家の中にご飯の炊ける匂いが流れ始めた。野菜を取りに裏の畑に行くと泥に埋もれたニラを見つけた。畑の半分は崖にえぐられて落ちていた。濁流の痕跡が残っている。ご飯が出来上がって握り飯を作っていると、携帯が鳴って鴫の船が島に着いたと知らせてきた。粗末なコンクリートブロックの桟橋はよく持ち堪《こた》えていたようだ。

鴫は市民課の若者を連れて来ているというので、やがて引っ越す予定の海岸通りの空き家へ先に行って貰うことにした。

「目印は二枚の表札よ。金谷と鯵坂の、二軒分が掛かっています」

「えっ、もうそんなことしてるんですか」

「だって誰もいないんだもの。島全部、残った年寄り二人のものでしょう？」

「とんでもない」

鴫の呆れたような声がする。

「とにかく空き家を見て、水道と電気通すことにしますから、ウミ子さん降りて来てください」

「では先にそっち行ってて下さい。空き家の鍵は掛かってないわ」

「了解」

携帯を切ると、ウミ子は縁側を見た。イオさんは縁側にごろんと腕枕をして横になっていた。気が抜けたような感じである。一昨日の夜からゆっくり寝ていなかった。彼女はこのままにして、ウミ子は一人で海岸通りの家へ降りて行くことにした。そばに寄ると、年寄りは右手を下に曲げて頭を載せ、うつらうつらしている。眠りかけて一番気持の良さそうな頃合いみたいだった。

「お母さん。役場の人が来るというので、下まで行って来ます。眼が覚めておなか空いてたら、台所にお茶とお握り置いてますからね」

と声を掛けると、瞑ったままの瞼《まぶた》が動いて、

「うん」

と返事をした。

「小一時間ほどで帰ります」

そのときイオさんの顔に影が差したのでウミ子が振り仰ぐと、一羽の大きなミサゴが軒の近くを掠めて飛んで行くところだった。台風をどんな所でやり過していたのか、風切羽根にも一本の乱れもなく、悠然と陽に輝いている。

「お母さん、後の始末はもう大丈夫。今、外をね、ミサゴがいつものように海へ魚獲りに行ったわ。だから安心しておやすみなさい」

「……………」

返事の代わりに灰色の唇が少し動いた。

栈橋へ降りる途中、ウミ子は握り飯を渡しにソメ子さんの家へ寄った。庭の掃除をしていたソメ子さんが腰を立てた。

「ウミちゃんはどこへ行くか」

「役場の人がね、ソメ子さんたちが引っ越す空き家を見に来たの。電気とか水道とか付けてくれるため」

「そんなら、あたしも一緒に行こう。家主じゃからな」

そういえば住むのはソメ子さんとイオさんである。すぐソメ子さんは家の中に引っ込むとズック靴に履き替えて出て来た。それからウミ子に片方の手を差し出した。足元が不安なのだろう。ウミ子はその手を取って歩き出した。

栈橋に着くと鳴翔太の『はたえ4号』が停まっていた。それを横目に海岸通りをこないだの空き家の方へ行く。鰺坂家と金谷家の表札が出た空き家の前に二人の男が立っていた。波多江島役場の鳴と市民課の職員だった。

「とにかくご無事で良かったです」

と鳴が喜んでくれた。

「だけどこの家は住めません」

「住めない？」

「ええ。裏手の方、海側の屋根が落ちかかっているんです。いつの頃からか瓦が飛んで、そこから水が入って腐っていったんでしょう。人間の住んでいない家は毎年の台風の後、手入れしないから見た目よりもじつはガタガタになってます」

両隣りの家も似たようなものだという。天井板も浮いているらしい。

「雨戸を全部開けて外の光に当ててよく見たので、間違いはないと思います。屋根瓦を入れて天井を張り替えるのは大仕事です」

女の目は甘いということだろうか。ウミ子が黙ると、そばにぽつんと立っていたソメ子さんが、

「ウミちゃん、心配ねえよ。あたしの家があるじゃろ。あたし方《がた》でみんなで暮らせばよか、よか」

そのみんなの中には、ウミ子も入っているわけだ。ソメ子さんの言うことは日に

よって違う。

「気象台の予報では、次の台風が来週辺りやってくるようです」

「またですか」

この季節、台風予備軍の熱帯低気圧は続々生まれて、いつ成長して現れて来ても不思議でない。空き家の通りを抜けると海風がどうーっと吹き抜けた。さっきまで出ていた太陽が雲に覆われて辺りは薄暗くなっている。ひと雨くるかも知れない模様だった。

「せっかく来て戴いて骨折り損で申し訳ないわ」

「お年寄りの相手することには慣れていますから」

桟橋の近くまで来たので鳴たちと別れることにした。

鳴と市民課の男は挨拶をして船の方へ降りて行く。

「最近、ミサゴ、揚がってないですねぇ」

鳴が幟のないポールを指さしている。ソメ子さんは幟を揚げるのも休み、海に海藻採りに出ることも少なくなった。ウミ子は気になるが尋ねることはしないでいる。

「今度はイソシギの幟でも作るわ」

ウミ子は二人に手を振りかけて、ふと止めた。桟橋の先には見慣れた入り江が広がっている。その先の茫洋《ぼうよう》と広がる沖が狭くなっている気がしたのだ。入り江の向こうに暗い鉛色の帯のような、奇妙な遮蔽物が連なっている。

「あれ、何かしら！」

ウミ子が指をさすと、鳴も気が付いて海を振り返った。すぐポケットから小型双眼鏡を取り出して眺める。

光の薄い海の水平線をウミ子は見つめた。視野の真ん中辺りでその長い線はいつものように微かに盛り上がっていた。

ウミ子は子どもの頃から、島を取り囲む水平線がぐるりと美しい弧を描いていることを知っていた。海は青くて丸い円座のようで、その真ん中にこの島がある。だが今はその円座の縁に、黒っぽい遮蔽物が連らなっていた。

「中国の漁船ですよ。ああ、赤い五星紅旗《ごせいこうき》が見える。入り江の外に屏風を立て巡らしたみたいに船団を組んでます」

ウミ子もソメ子さんの手を引いて鳴の方へ行った。

「何隻くらい見えます」

「四、五十隻はいますよ」

「どうしてこんな所にいるのかしら。巡視船に知らせなくてはいけないんでしょう」

「あの船団はね、密漁に来てるんです。海上保安庁に知らせます。でも、奴らは台風で避難しているって、嘘を言うんですよ。天候異変で待避中なら、日本の領海だって追い出すことはできない」

ウミ子は娘時代、外国船という響きには、青い空に白い瀟洒《しょうしゃ》な船体と高いマストを思い浮かべたものだ。そんな船などはめったにウミ子の島から見ることはできなかったが、異国の船のイメージには希望や門出、憧れが重なっていた。けれど今、養生島の海に浮かぶのは、不気味な恐怖としか言いようがない。

あの汚い色をした錆びた鉄の箱には、国籍こそ違ってもウミ子と同じような姿をした人間が乗っている。獣やそれ以上の未知の恐ろしい生きものでもない。

けれどウミ子は息苦しさに襲われる。

希望や門出、憧れを押し潰した鉄の壁。人間の姿かたちとはかけ離れた、漠然とした不安が形を成したような長い影。倫理の通らない断絶した世界の不気味な圧迫感のようなものが沖に浮かんでいるのである。

「『はたえ号』から巡視船に通報しよう」

鳴が桟橋の方へ行こうとした。思わずウミ子がそれを止めた。

「行かないで。危ないわ」

この心根の良い若者を離したくない。服の袖を摑んだ。

「大丈夫ですよ。向こうへ近付いたりはしませんから」

鳴はウミ子の臆病に呆れたように笑い出した。

そのときウミ子の手をソメ子さんがグイッと引いた。横を見るとソメ子さんの焦点のない眼が宙をさまよっている。

「ウミちゃん。何ば起こったとか！　この海にどげな密漁船が来たとか！」

鳴が吃驚《びっくり》してソメ子さんの眼を覗き込んでいる。

しっ。お願い、気が付かないふりをして。ウミ子は唇に指を当てた。

ソメ子さんには入り江の外のおぞましいものは遠すぎて見えない。でも見えないことは悪いことじゃない。

ウミ子はソメ子さんの耳にささやいた。

「遠くに中国の漁船が一隻浮かんでいる。でも安心して。もう帰って行くみたい。影がだんだん小さくなっていくわ……」

日が暮れる前、ウミ子は台風で吹き飛んだ雨戸を運び寄せて汚れを落とし、一枚ずつカタン、カタンと敷居にはめた。雨に濡れた雨戸ははまりにくかったので、昔、父の功郎さんがしたように添え木を当てて金槌《かなづち》で叩いて収めた。

庭の木に打ちつけられて破れた雨戸も二枚あった。これは使えない。仕方がない、とイオさんが笑った。夜になると開いたままのそこからひんやりとした月が見えた。雨が降らなかったのはせめてもの幸いだった。

「よか月見じゃ」

とイオさんが言った。

ウミ子は鳴たちと別れて家に帰って来ると、イオさんと自分の着替えや食料を包んでソメ子さんの家へ移る支度に掛かった。台風で天井の落ちた破《やぶ》れ家《や》で寝るわけにはいかない。ところがイオさんは床柱にゆったりと背をもたせて、

「もう一晩この家で寝て最後の別ればするか」

と言い出した。

「雨戸の立たねえ所は放っとけ。今夜は海風もまだ冷《つ》めとうて蚊もおらぬじゃろ。座敷に爺さんの位牌ば出して、酒でも供えてわしだちも飲もう」

ウミ子は年寄りの言うようにして、仏壇から出した功郎さんの位牌に焼酎のコップを供えた。干し魚を炙り、しなびたトマトとキュウウリを切って味噌を添えた。海

苔を千切り湯を差して醬油を数滴垂らす。干海苔の吸い物はイオさんの好物だ。ウミ子がイオさんの湯呑みに酒を注ぐと、イオさんもウミ子の湯呑みに注ぎ返してくれた。

「大分の山では何ば飲むか」

「あちらは米焼酎よ」

「そりゃ優しかのう」

米はクセがなく柔らかいのだ。

「飲み慣れてくると、たまに日本酒を飲んだらワインと間違えそうになるの。甘いから」

「ソメ子も呼んでくればよかったのう。一人じゃ今頃、寂しかろう」

思い出したようにイオさんが言う。

「でも夕方はもう道が見えにくくなってたから、誘うのは無理だったわ」

けれどソメ子さんは夕方も夜もどっちにしろ見えないのだ、とウミ子は思った。あの中国船団の黒い影がまったく眼に入らなかったくらいだから。

「おまえは大分にはいつ頃、帰るか」

海岸通りの空き家は鳴青年の話によると修理が必要だという。大工を呼んでどのくらいの日数になるものか。

「お母さんとソメ子さんが海岸通りの家に、ぶじ引越しができてからね」

「店の方は大丈夫か」

「ええ。ゆくゆくは店を譲ろうと思ってる夫婦なのよ。まかせてるの。向こうへ帰りたくなったらそのうち帰る。でも、こっちに居たいから当分居る。それでいいでしょう」

ウミ子は用心しながら言った。もう驚かなかった。

「それもよかじゃろ」

イオさんはむっつりとうなずいた。

「爺さんもここで聞いて御座ろう」

夜の電灯に照らされた位牌は、ずっしりと錘《おもり》のように畳に沈み込んでいきそうだった。

「この爺さんはときどきわしを訪ねて来る」

イオさんは顎で位牌をさした。

「お父さんがですか？」

「そうさ。功郎がたい」

「どうやって」

「鳥になって告げに来る。たいがい明け方の夢に出てくるが、今度自分はアジサシに家移りした、なんち言う。アジサシは細うて鋭い嘴で、小魚獲りの名人たい。食うに困らぬ身の上じゃ。そりゃ爺さん、よか家ば見つけたのう。わしはそう言うてやった」

イオさんの夢の筋立ては、ソメ子さんの夢に現れる弟の話と似ている。語り手が大真面目な顔付きであることもそっくりだ。

「わしは喜んだが功郎は寂しげな声でな、ただわしらアジサシはユーラシア大陸からオーストラリアまで渡りをする。一カ所に身を置くことのできぬ定めじゃ」

そうだ、アジサシはあの細い体で何千キロの旅をする。アジサシの一生はほとんどは岩もない木もない海の上、波の上だろう。

「それでイオよ、と爺さんは言う。おめえに逢いに来るのは春と秋の二回、渡りの途中でこの島ばちょっと寄る。それでアジサシの渡りが来たら裏の畑に立って待て。小魚咥《くわ》えてアジサシが来たら、そいがわしじゃ」

イオさんは灰色の唇を舌の先で湿らせた。

「夢の中で言ったのね」

「そうや。やがて秋のアジサシの渡りの時期が来た。西から東から空は鳥の渡りで眼が回るようじゃ。アジサシの渡りは見上げると銀色の鋭か風車のようじゃ。ある日、群れの一羽が空を切って畑のわしの頭ん上に飛んで来た。ポトリ、と何かわしの足元に落ちたものがある。小魚が跳ねておった。おおお、爺さんか。わしは魚を拾い上げた。爺さんは庭の木の枝に止まって、ギュゥイッ、ギュゥイッ、と鳴いた。土産じゃ、食うがいい。それから小さい鋭か目でわしをじっと見た」

イオさんは二本の竹の節みたいな足を投げ出した。それを両の手で交互に撫でさする。雨が近付くと少し神経痛が出るのである。

「鳥のまなことわしのまなこがじっと見交わした。そしたらな、アジサシのまなこの奥に青か空が映っておった。そんな気がした。爺さん、とわしは声が出かかった。わしも空を飛びたかぞ。海ば越えてどこまでん補陀落《ふだらく》浄土まで行きたかぞ」

イオさんは宙を見ていた。

「ならねえ、と爺さんは厳しい鳥の眼で言うた。イオよ。達者で暮らせ。それからギュゥイッ、ギュゥイッ、と飛んでいった」

「そのアジサシは今もときどき来るの？」

「さあ、どうしとるのか。鳥の命は短いから、また別の鳥の体に家移りしとるかもしれん。爺さんの魂もそのうち昔のことは忘れていくんじゃねえかな」

鳥になった功郎さんが人間界のことを忘れるのか、またはイオさんが功郎さんのことをだんだん思い出さなくなるのか、そのどっちだろうかとウミ子は思う。

夜が更けると肌寒くなった。

「最後の晩にふさわしか良い刻じゃった……」

やがてウミ子とイオさんは枕を並べて仏間に寝た。天井は落ち掛かり、布団は濡れた所をよけてやっと敷いた。外の月が枕の上から見えて、破れ家の中に一条の光を射し込んだ。

「思えばこの家ではいろんなことがあった。長い月日じゃった。ここを出ても、まだ、わしの寿命は続くのかのう……。キリもないことじゃ」

闇の底にイオさんの声が流れた。

台風の去った海は今日も巨大な雲を空へと吐き出している。ウミ子の眼に見えない遥か熱帯の洋上では次の台風の赤ん坊が生まれかけている。

海岸通りの空き家に引っ越して一週間が経った。鳴青年の手配で家の前に風よけのブロック塀も立てた。イオさんとソメ子さんは坂道を上がって自分たちの畑に通う。水場の井戸もここからだと近いので便利になった。

ウミ子は桟橋へアジ釣りに行ったり、浜へ海藻拾いに出かける。イオさんたちの畑は海側から見えた。二人が土をいじっているときは、崖の上に白い手拭いを被った頭が見えた。ある日のこと、釣り具を片付けたウミ子が水筒のお茶を飲んでいると、遠い崖の畑に二つの人影が手をヒラヒラ動かしているのが見えた。

たぶん鳥踊りをやっているのだろうと思う。その人影は天を仰いで羽ばたく格好をする。危ない。ウミ子は息を詰めた。もと居た坂の上の家よりはだいぶ下にある畑だが、それでも竹林を見おろす高さである。

危ない、飛ぶな。

ウミ子は宙の一点を見つめたまま身をすくませた。お母さん、やめて。ウミ子の気持が通じたのか、年寄りの分別が踏み止まらせたか、人影はそのまま崖へは飛ばずに、両手をはためかせて踊り続けている。

ほとんど毎日、イオさんとソメ子さんは日射しの強くなる昼前まで崖の畑にいた。

ウミ子は出がけには、二人に何も言わなかった。まさかいきなりに「飛ばないで」と言うわけにもいかない。口で止めて止まるものではない。年寄り二人が家を出て行くと、ウミ子は釣り竿を持って桟橋へ行く。畑について行けば、来るなと言うに違いない。年寄りは畑へ、娘は海へ。

栈橋から崖の上の畑はよく見える。年寄りたちはいつ、あそこから飛ぶつもりなのか。ウミ子は釣り用のスチール椅子に腰掛けて、陽に打たれながらじわじわと独りで追い詰められていく。この島でイオさんたちの安楽に生き延びるすべはないのか。畑の上の空がギラッと光っている。眩《まぶ》しさにくらくらして眼を瞑ると、昏い眼の裏に空と年寄りたちの影が反転して焼き付いた。

翌る日も、そのまた翌る日も、崖の上の畑でイオさんとソメ子さんは鳥踊りを踊って、羽ばたき続ける。何かのお祀りのようである。ウミ子は功郎さんの古い双眼鏡を持って栈橋に出た。双眼鏡のレンズに映る空は遠近感がなくて、薄い紫色がかっている。

ある日の朝、そのフレームの中にナイフを折り畳んだような純白の鳥の翼が飛び込んだ。片方の翼を真っ直ぐ立てて、もう片方の翼は横へ倒し、青白い刃物のように光りながら突っ込んできた。アジサシに違いない。鳥の影はイオさんの頭の上を旋回した。パラパラパラと白い扇子を広げるように翼を開き、美しい円弧になって年寄りの白髪頭の上を舞い始める。ツーィとまた影が射して二羽めのアジサシが空を切り裂いて降りてきた。ソメ子さんらしい背丈の低い方の人影が両腕を空へかざし、こい、こい、としきりに手招きをしている。

空の一角から一群の鳥が鳴き交わしながら舞い降りてきた。二十羽ほどはいるだろう。いつの間にイオさんたちは海鳥とこれほど親密になったのか。人間と野生の鳥が群れ集って踊るのだ。異様としか見えない。いつか鴫青年がイソシギのことを国境破りと言って笑ったが、このアジサシもその一味なんだろうとウミ子は思う。そうだとすればイオさんたちも、アジサシの一味になるのである。イオさんは鳥になりたがっていたが、鳥ではなくてじつは魚の一味ではなかろうか。鳥も魚も線引きのない空と海の茫漠の中に生きている。

鳥踊りはだんだん沸騰点に近付いていくようだった。ウミ子が見ている間にもアジサシの影はイオさんとソメ子さんを取り巻いて円を描き、二人の頭上を高く低く飛び、双眼鏡の筒の中から一瞬のうちに流れ去り、また舞い飛んでくる。崖の上が鳴き交う鳥の声で一杯になり、人影と鳥の影が泡立つように入り混じる頃、ウミ子は双眼鏡を顔から外して、われに返った。空のどこかにでも行っていたような気分がした。

静かに海へ向き直ると釣り竿を取り上げる。これからはイオさんたちのすることにまかせてみようと思った。まずは三人で今日を生きること。そのためにウミ子がやれることは食料の調達だ。

昼過ぎ、初夏の太陽がじりじりと桟橋を焦がし始めると、ウミ子は小アジの入った魚籠を提げて海岸通りを歩いて帰った。

改修したばかりの家に着くと、明るい戸外から一歩入った玄関は夕暮れのように暗かった。

奥へ行くとイオさんとソメ子さんは昼寝中で、鳥踊りに疲れ果てた体を茶の間の畳へ投げ出し、あんぐりと洞《ほら》のような暗黒の口を開けて眠りこけていた。

解説　あわいで溶け合う

桐野夏生

「それが、なんだかあたたかい夜具の中にでも身体を入りこませるもののように思えてきた」と、死について書いたのは、病に苦しんだ色川武大だった。苦しみながら生きるよりは、死の方が安らかに思える境地もある。

老いとともに死は確実に近付いてくるわけだが、この先に何が待っているのかと気になりだすと始終気になるのが、凡人の常である。不安の正体は、老いと死がネガティブなセットと思うからだろう。

自分はどんな風に老いて、どんな風に死ぬのか。苦しいのか、楽に召されるのか。病院や自宅で、誰かの手厚い看護を受けながら死んでゆくのか。それとも誰にも知られず、独りで死んでゆくのか。その時、何を思うのか。

いくら想像してもわからないのは、当の死者から、その瞬間の心境を聞かされることは不可能だからであり、怯《おび》えるのは、自分がたった一度の経験でしかない死を認識できないことによる。こうして、自分の知り得ないことへの想像から、文学が生まれる。

ああ、辛気《しんき》くさい始まりをしてしまった。

ここに、村田喜代子さんという、類《たぐ》い稀な作家がおられる。

村田さんの作品世界はどれも、おかしみがあって、エロティックでありながら、品がいい。まろやかな言葉をリズムよく使って、相対するものをうまく包含《ほうがん》するという、村田さんしかできない荒技を繰り出しているからだ。

女と男、海と空、魚と鳥、自己と他者、生と死。

村田さんの手にかかると、この世はすべてが相対的にあることで、互いの意義を引き立て合い、溶け合うことによって大きな世界となっているようだ。要するに、何でもアリ。そのすべてが宇宙だ、というどでかいものだ。

「今度書いた『飛族』は当初、空ばかり眺めていた。後から海を引き寄せた。海と空の大きな世界を描くために、豆粒みたいな年寄りの影を二つチョコンと置いた」

これは、本作で谷崎潤一郎賞を受賞した、村田さんの「受賞の言葉」である。

大きな景色があって、村田さんはそれを見つめている。ある一点に人物を置いた途端、大きな景色の中に、覗き眼鏡のように違う世界が出現する。すると、大きな景色自体も、たちまち変質する。そんな魔法のような手法は、村田さんだけの得意技だ。先に人物ありきで、それから背景を考える手法とは真逆だから、面白い。

さて、本書の舞台は「養生島《ようじょうじま》」という名の孤島である。「でうす」「さるうす」と、キリシタンの古い伝承が残るような土地柄だから、おそらくは五島列島の数ある島の中のどれかであろう。かつてキリシタンの迫害があったことを想起させる設定は、この眩《まばゆ》い南の島の影を、少し濃くしている。

その小さな島で、最年長のナオさんがとうとう亡くなった。九十七歳だった。ナオさんの家は離れていたので、数日間、遺体が発見されることはなかったそうな。ナオさんが亡くなった今、島に住まうのは、二人の老女だけになった。イオさん、九十二歳。ソメ子さん、八十八歳。

亡くなったナオさんも皆、海女で、夫たちは漁師だった。島の誰もが海から恵みを得て、海とともに生きてきた。そして、男たちは嵐に遭《あ》って海で死んだ（らしい）。らしいというのは、遺体があがらない者も多くいたからだ。

ナオさんの葬儀に際して、イオさんの娘、ウミ子が本土から様子を見にくるところから、この物語は始まる。

　ウミ子は本土の高校に通わせてもらい、本土の男と結婚した。夫はすでに亡くなって、子供たちも独立したがゆえに、六十五歳にして自由の身でもある。

　ウミ子の恐れは、孤島に住む高齢の母親が、ナオさんのように孤独死をするのではないかということだ。この機会に本土に呼び寄せたい、と願っているのだが、それではソメ子さんが独りになってしまうので、なかなか踏み切れない。

　またイオさんも、本土になど行かない、と娘の申し出を拒絶しているのだから、ウミ子の悩みは深い。かように、ウミ子はまことに現実的、現世的な存在として、登場するのである。

　養生島の過疎化は、他の土地と同じ道筋を辿《たど》った。ウミ子のような若者が本土に出て行ったきり帰ってこなくなり、島の人々も次々と移住したり、漁で死んだり、歳を取って亡くなった。それで、残っているのは、二人の老女だけになった。

　住人がいなくなった島は、こんもりとした緑色の塊に化した。それは海から見ると、まるで緑の生き物が蹲《うずくま》っているかのようだ。

　人や車が通らなくなったアスファルト道路は、両端から迫る草に覆われて見えなくなり、繁殖力の強い蔦《つた》によって、人が打ち捨てていった家々も、島の輪郭さえも、まるでベールを掛けたかのように覆い隠されてしまった。誰もいなくなれば、島が緑に呑み込まれる日も近い。

漁師は水死体を見ることが多いという。太古の昔から数えると、海の中には数え切れないほど多くの死者たちがいる。だが、安全なはずの陸では、植物が我が物顔で蔓延《はびこ》る。もっとも獰猛なのは、獣でも鳥でもなく植物なのだ。

イオさんの夫、つまりウミ子の父親と、ソメ子さんの弟は、冬のクエ漁の最中に嵐に遭って、とうとう帰ってこなかった。クエは儲かるから、ウミ子が本土の高校に行けたのも、クエ漁のおかげだった。

後に、ソメ子の夫が口寄せで語った。

座礁して浸水した船で、イオの夫が「退避！」と怒鳴ったそうだ。天も水浸し、海も水浸しのどこに退避するとじゃ、と若者がベソをかくと、イオの夫はまた怒鳴った。

「どこへて、空に決まっとる！　鳥になって空ば飛べ！」

「漁師には隠し羽根がある！」

海で遭難した漁師は鳥になって空に飛んで行った。だから、イオさんとソメ子さんは、鳥祭りが近付くと、手製の羽根を付けての鳥踊りの練習に余念がない。「どれがワシか、タカか、ハヤブサか、カツオドリか、ハチクマか、シギか、島に渡り鳥はつきもので、年寄りは空中の一点の黒い粒を見ても鳥の名を当てる」のだから。

かくして、島の住人の魂は鳥になる。海は豊かだが、人を閉じ込める水の牢獄《ろうごく》でもある。

そんな母親たちの姿に衝撃を受けたウミ子は、次第に、島を出ることを拒む母親を理解し、受け入れてゆく。本土に連れて帰るのではなく、自分がそばにいて、島で暮らすべきではないかと考え直し始める。

同時に、辺境の孤島には、まことに現実的で切実な問題がある、と気付かされもするのだった。

養生島は、辺境にある。他国との境界線付近にあるがゆえに、かねてから外国船の接近や、外国人の上陸の危険に悩まされていた。無人島になってしまえば、外国人が勝手に上陸することもある。

従って、老女二人といえど、住人のいる養生島の存在は重要なのだった。そのためには、高価な燃料を使って定期船が通い、水道や電気のインフラも充実させねばならない、という、行政の努力がある。しかも、誰もいなくなった島の後始末というものも、決して楽ではないのだ。その事実も、母親を呼び寄せたいウミ子の意志を挫けさせる。かくしてウミ子はどうするのか？

島も境目にあるのなら、老境に達したイオさんとソメ子さんも、生と死のあわいにいる。二人の老女が熱心に鳥踊りを練習するのは、いずれ自分たちが鳥になる日のための予行練習だろうか。

海女は海に潜る。その時、海の中を漂う魂を目にすることもあるという。そんなイオさんとソメ子さんが鳥に扮して踊り、あの世とこの世を行き来する。

この『飛族』という作品の、ゆらゆら漂うような不確かさは、すべてがあわいにあることを表している。死は生であり、生は死でもある。海は空で、空は海。鳥は魚で、魚は鳥。だから、人は死ねば鳥になる。

すべてを包含して溶け合い、曖昧な中でつながって広がりゆく美しさ。これは、村田さんにしか書けない作品だ。死は仄暗くない。実は、輝かしくも色鮮やかな世界だと、力強く知らしめているかのようである。

文春文庫

飛《ひ》族《ぞく》

定価はカバーに表示してあります

2022年1月10日　第1刷

著　者　村《むら》田《た》喜《き》代《よ》子《こ》
発行者　花田朋子
発行所　株式会社　文藝春秋

東京都千代田区紀尾井町 3-23　〒102-8008
TEL　03・3265・1211㈹
文藝春秋ホームページ　http://www.bunshun.co.jp

落丁、乱丁本は、お手数ですが小社製作部宛お送り下さい。送料小社負担でお取替致します。

印刷製本・大日本印刷

Printed in Japan
ISBN978-4-16-791812-5